友好商社を知っていますか?

片本善清

中国書店

まえがき

姓は片本《かたもと》、名は善清《よしきよ》。生まれは大阪河内で、本籍は南河内郡白木村平石（現・河南町平石）です。父は和一郎、母は晴子。二人とも小学校の教員でした。私は、その次男坊として一九三七年一月三日に誕生しました。

誕生の地は大阪府の南東の端で、村の一番奥には「高貴寺」という寺があります。それを更に登れば「平石峠」が現れ、これを越えれば奈良県の当麻村です。即ち奈良県との県境になる大阪府の最南東の山間部、金剛・葛城山脈の麓に当たります。最寄りの駅・近鉄南大阪線の富田林駅から七キロメートルほどのところで、母校・白木小学校へは七曲の下り坂を片道二・二キロ、六年間往復毎日四・五キロほどの道のりを通ったものです。そのおかげで足腰は現在も達者なものです。

性格は、自称ながら真面目一本で、少し拗ねたような偏屈なところが生まれつき備わっているようです。中学一年生の時の通信簿に担当教師からの添え書きに「余り友だちを作らず、気に入った友だちを選んで遊ぶところあり」との記載がありました。この点は担当の先生がよく見ていたものだと、現時点で感心しています。去年夏の墓参りの時に、この証拠となる通信簿が最近古タンス整理の際に出てきたと実家の義姉から渡されました。改めてしみじみ眺め、懐かしく感慨にふける次第。

小学校卒業後、中学は大阪師範大学附属中学校平野分校（富田林市）に受験合格し、高校は富田林高校へ。ところがここで大休止、第一志望の大学に入れず結果的に二浪して、行き着いた先は元の希望先とは一八〇度違いの大阪外国語大学中国語学科でした。されど、まともな中国語も喋れぬままに卒業を迎えて、親と同じ教職でもと、中学高等学校の英語の教員資格を取りました。そして、大阪市の某高校に面接に行こうとした矢先、オヤジのコネで、当時二流の中堅商社野村貿易株式会社から声が掛り、無事に入社が決まった次第です。就職先は、予想外というよりも、希望の分野である商社でしたので、大満足でした。

なお、高校時に嫌いな国語の中で漢文だけが好きでしたので滑り止めに「今は安いが将来上がるであろう中国語」を選んだのだと推測されます。結果的に「佳き読み」でした。

かくして社会人となり、会社勤めでつらい時には「ああ！　先生になっておけば良かった」と自らを慰めながらも、我慢と忍耐の繰り返しでひたすら危機を乗り切って参りました。ただ前述のちょっと拗ねた性格がプラスになってか、ストレスを溜めない秘訣「言いたいこと言い」を守ったおかげで、牛歩の歩み、マンマンディ（慢慢地）ながら、みんなに数歩遅れて一歩一歩昇進していきました。仕事の中心は、我が意に反して嫌いな中国語を使う羽目になっていきました。まるっきり話もできない外国語で、外国人と話さざるを得ない場面になり、ぶっつけ本番でどないかして「茨の道を這い上がる」しかなかったのです。人間追い込まれれば何でもできるということを、身を以て証明できました。喋るのもダメな上に中華料理も口に合わない。しかし、中国に行き出してから、このどちらも克服するしかなく、まず生きるために『中華料理』を徐々に食べて好きになっていきました。中国語のほうも、長期間の滞在即ち実地訓練で最終的には「まずは合格」のレベルに達することができました。

田中角栄首相と周恩来総理の一九七二年九月二九日の北京の人民大会堂で行われた国交回復時の歴史的イベントにも、末席ながら参加できたし、天安門の歓礼台（観覧台）にも登れました。偉い人物が亡くなった時に「八宝山」にも行けたし、北京テレビにも出演したなど、苦労も多々あったものの、普通人が体験できないことも経験できたのではないか。想定外の分野で半世紀の長きにわたりほぼ専門的に中国と付き合いができたので、中国語は「今一歩劣る」と自分で決め込みながらも最終的には自由に読み書きできるようになれました。

そんな自分が歩んできた道を振り返り、「我が人生に悔いはなし」と素直に統括できる今日この頃です。

二〇一七年三月吉日

片本善清

友好商社を知っていますか？◉目次

第八章　定年後の活動と方向性　二〇〇〇年以降

第一章　友好商社　一九六〇～七〇年代中国との商売事始め

一　友好商社とは

「友好商社」とは、耳慣れない、現在では知らない人も多い言葉かもしれません。一九六〇～七〇年当時、日本と中国の間には国交がなく、お互いに相手国の政府の許可を得なくては訪問できませんでした。商社も一社一社審査されて、中国側から「友好商社」であると認められないと、商売ができませんでした。

ざら紙をクリップで止めたビザ

日本人が中国に行くには、まず中国から招請を受けないとなりませんでした。当時一般的には、日本人が商売をするために中国に行くには、毎年春（四月十五日から五月十五日まで）と秋（十月十五日から十一月十五日まで）に中国南部の広東省広州市で開かれていた「中国輸出商品交易会」に友好商社社員として参加することが唯一の手段でした。それも、本来の正式社名ではなく、対中国貿易用のダミーの社名を使うのが一般的でした。

我が社（野村貿易）も一九六〇年代初めには、「協商社」という社名で参加しており、一九六三年頃から本来の「野村貿易」で参加するようになりました。当時正式社名で参加していたのは、我が社の他には日綿實業・蝶理ぐらいでした。三菱商事は明和産業、三井物産は第一通商、住友商事は大華貿易、伊藤忠商事は新日本通商、丸紅は和光交易などの社名で中国と貿易していました。


毎交易会の開催時期になると、春交易会なら二月下旬に、秋交易会なら八月下旬頃に中国国際貿易促進委員会から友好商社宛てに、航空便で「招待状」が届きます。

この招待状は当時としたら割と「綺麗な表面コートをした紙」を使用した十二センチ×十二センチくらいの大きさの二つ折りのインビテーション（表は中国語で「请帖」〔招待状のこと〕と金字で印刷してある）が届きます。中を開けると左上に宛先だけは、必ずペン書きの手書きで「友好商社名」を書き記し、後は印刷で開催場所、期間などが記載してありました。特定の一個人がすべての商社分を書いていたと思われます。偽物の招待状を防ぐためと思われます。

これが届くと、各社で参加者名（社員名と嘱託会社社員名）を記載して返信します。これで正式に参加することができます。この招待状と返信時に添付する「社員リスト名」に基づいて日本側の日中専用旅行社を通じて、渡航手続きを行います。

オリジナルの「インビテーション」はその会社の交易会への一番乗りの参加社員が会場に持参

したものと記憶しております。

日本人が中国関係機関から招待を受けて訪問する際には、日本政府発行の旅券*を携行するのですが、国交がないため中国側はこれに直接ビザのスタンプを押せないので、まず八センチ四方の大きさのざら紙に中国××市公安局印の「ビザ入境査証」というゴム印を押し、×月×日までという滞在期限を記します。これがビザとなり、それをクリップでパスポートに留めておきます。通常このビザの有効期限は一カ月で、必要があれば再度申請し、許可が下りればまた一枚のざら紙が発行され、二枚目三枚目と追加されていきます。多い時は五〜六枚が旅券にくっ付くことになります。

仕事が終了し帰国する時は、出口は香港だけですので中国から深圳《シンセン》経由で、国境を出る際に中国の出国（出境）審査官がこのざら紙のビザを取り外します。すると、旅券上には中国に入った証拠なしとなり、経由地の「香港」への出入国のスタンプが残るだけです。したがって日本からの出国日も、日本への帰国日も、香港への出入国の前日ないし翌日となります。したがって中国への入国はすべて香港経由となり、北京なら丸二日がかりとなりました。本当に近くて遠い国でした。

＊「旅券」について：小生には「日中の貿易の黎明期」に中国に行く機会が二度ありました。一回目は一九六五年十月に北京と上海で開かれた日本工業展で、二回目は一九六七年十月の広州交易

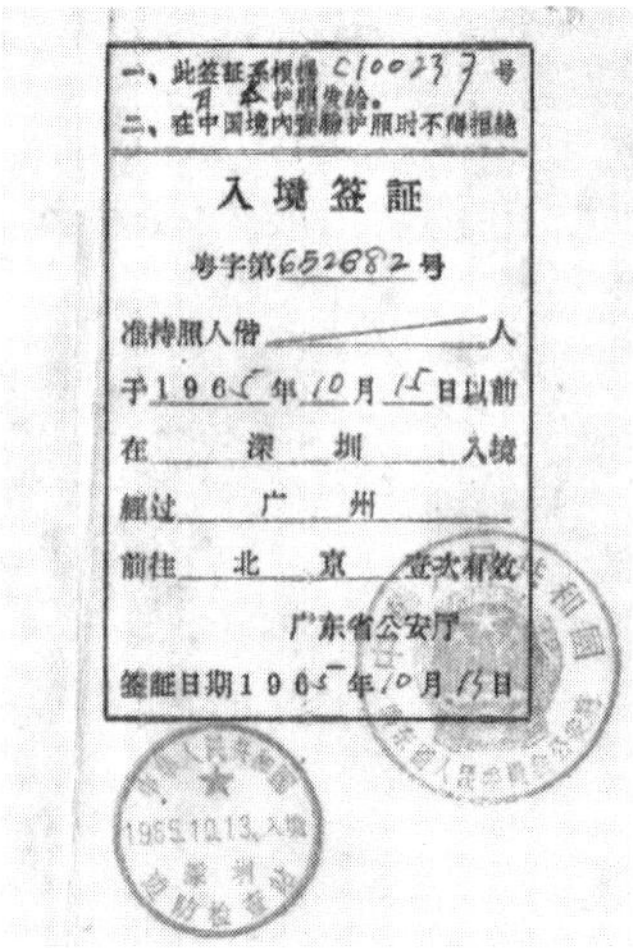

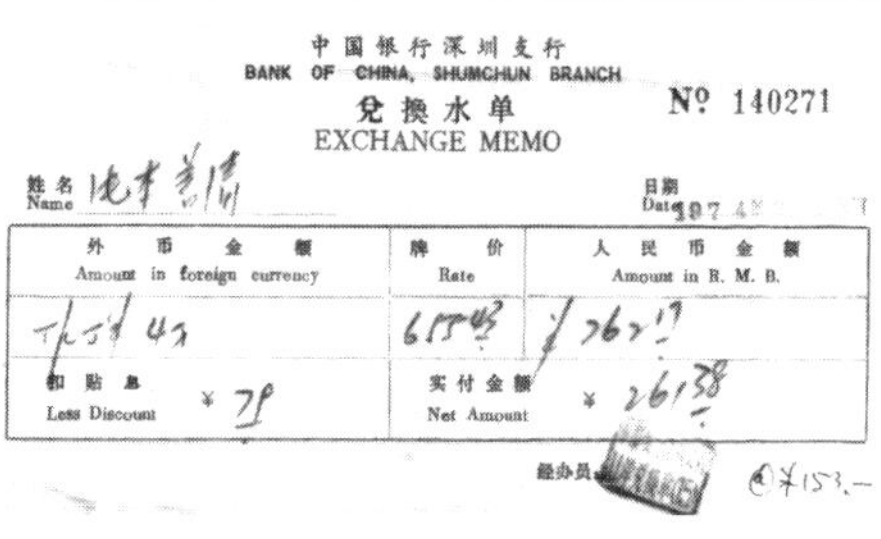
中国银行深圳支行
BANK OF CHINA, SHUMCHUN BRANCH
兑換水单
EXCHANGE MEMO
№ 140271

姓名 Name
日期 Date

外币金额 Amount in foreign currency	牌价 Rate	人民币金额 Amount in R. M. B.
扣贴息 Less Discount	实付金额 Net Amount	

经办员

上：ビザの角印。右の大きい方が正式ビザ印（日工展と交易会）で，左の２個がそれを延長されたもの
中：1965年，上海北京での日本工業展の現場
左：その時の入境ビザ
下：人民元の換算レート表。人民元１円＝150円程度

会でした。その際の外務省発行の旅券は、二冊とも「一次旅券」（一回の渡航のみに使用）であり、発行日より六カ月間有効ですが、「その間に目的国に行って帰ってくること、そしてその帰国日を以って旅券は失効する」とされていました。そして行き先は明白に「香港、マカオ」そして「中華人民共和国」と記載されていました。旅券番号は〝C-001234…〟または〝E-001234…〟という

表記でした。そして中国のビザ発行機関は一回目は香港の中国旅行社がアレンジしたと見られる広州市公安局で、二回目の発行機関は北京市公安局でした。後者は日本の旅行社が交易会のインビテーションと共に受け入れ、返事と併せて北京の旅行社にビザをアレンジさせたと見られます。

国境の町・深圳と香港側の羅湖《ローフ》について

羅湖（香港側の最終駅がある街・この駅名でもある）近くの一帯に広がる「落馬洲」という場所にある小高い丘は、香港側から国境付近と中国・香港両サイドを見渡せ、多くの異国人（日本人も含む）がよく見物に行く観光地の一つでした。二〇〇七年には鉄道の上水駅から落馬洲駅に伸びる支線がつくられました。

一九六〇～七〇年当時、香港と中国両サイドの列車の車両はそれぞれ異なり、香港側の車両は昔からの濃い緑色で四人掛けのボックス席でした。中国側の車両は、新規製造した広軌道の車両で、左右二人掛けの席。一両に十四、五列ありました。これが一等（頭等）の座席でした。日本の新幹線の車両と同じタイプです。二等はクッションもない木の板そのものの左右長椅子ベンチ風のもの。これに二、三人座れました。そして、香港側から中国へは歩いて鉄橋を渡り、中国側の深圳に入りました。

国境越えは、ちょうど昼飯前の十一時頃に行われ、入境審査と税関審査と予防注射の衛生検査とがありました。この税関審査は、荷物検査が細かく時間もかかるし、非常に面倒なものでした。

この入国時の記憶で、よく覚えている思い出があります。一つは、通常外国人は二階で審査や検査があるのですが、ある時、小生が二階へ上がろうとすると「君は一階だ」と言われたので一階に行くと、今度は一階の検査員が小生の旅券を見て、結局二階に上がれと言うのです。これは明らかに小生を香港人か中国人と見誤ったのでしょう。

もう一つの思い出は、税関審査の人間が「君は字が上手いね。習字でもやっているか？」と褒めてくれたことです。税関申告書が「綺麗に書けていた」のでしょう。

そして、のんびりとした田舎の田んぼと鶏の走り廻る田舎風景を眺めながら昼食をいただき、午後一時過ぎに中国側の列車に乗り込むと、約二時間半ぐらいで広州駅に着きます。着いたら大きな楽団が吹奏する当時流行中の革命歌の演奏の中、汽車が駅に進入します。どこかの軍隊が凱旋し里帰りしたような感じです。ちょうど文化大革命が始まって二年目だったので、これにはビックリさせられたものです。これは多分一九六七年秋の、交易会の時に広州入りをした時の風景だったのでしょう。

中国の街……〝女性のいない〟奇妙な世界

中国の街は、夜に限らず白昼でも「うす暗く」感じました。特に、首都北京で一層それを感じました。夜は特に照明灯も少なく、どこも暗い街並みでした。これが初訪中の一九六五年十月の第一印象です。日本工業展覧会のため汽車で広州入りした後、北京へ行くには途中一度武漢辺りで給油するので北京空港には夜遅く着いたのですから、暗くて当然だったかもしれません。しかしながら一カ月後に異動した上海は、さすが中国一の大都会です。古い市街地の南京西路や淮海中路（旧フランス租界の目抜き通り）などは明るく感じました。なぜなら上海市の旧市街地の商店街は、ヨーロッパ風の雰囲気ある商店街で格好よい店が並んでいたからでしょう。

もとの北京に話を戻すと、街行く人の服装は皆統一された人民服で、老若不問、男女不問で紺色・カーキ色・濃い目のグレーなど、すべて地味な色調でした。一番驚いたのは、女性が男性より威張ったガニマタ歩行の第三の性の生き物のように見えたことです。これは真実一路で何の誇張も偽りもありません。

更に昼夜を問わず、外国人が外出すれば何時も誰かに尾行されているように感じ、何か心細い気持ちになったものでした。

特に初訪中の季節が真冬であったので、服装は全員が外国人も含めて、「棉袄」という裾の長い綿入れの一〇〇％コットンの重そうな外套を着ており、すべての人が区別つかないほどに、皆が同じ格好でした。現に小生ごときは、顔自体が日本人かどうか不明で、この大きな外套を着て真昼間に北京の友誼商店（外人客専用の土産ものを中心とした高級品の販売店）に入ろうとした時に、ガードマンに「どこに行くのか？」と質問を受けたことがありました。

二　交易会の変貌・進展状況

一番最初の交易会[*1]は、一九五七年春季から始まりました。初回開催時は、広州の珠江広場の前に「中国輸出商品交易会」という建物が建てられ、これが会場となりました。それ以降ここで行われるようになりました。我が輩が初参加したのは、十一年あとの第十二回の秋季交易会でした。そしてこれがこの会場で行われる最後のものでした。

なお、一九五八年五月に長崎国旗事件が勃発して、順調に滑り出したかに見えた日中貿易が二年半中断されることになりました。その結果一九六〇年からごく一部だった日本からの交易会参加会社は、一九六二年春からは約四十社になりました。

そして翌年から会場は東方賓館の北側に新しくできた、広く大型の四階建ての建物に移り、ここでは相当に長い間続きました。そして日本からの交易会への参加者もどんどん増え、商売自体もますます伸長して、我が社も嘱託社員も入れて延べ合計四十余人のメンバーを派遣したことがあります。一九七一年秋の交易会のことだったと思います。その時のホテルは珠江という河沿いの「民族飯店」でした。毎食時のテーブルはいつも二卓に合計十八名前後も集まり、毎日が大賑わいでした。この時、弊社社長の安井快之氏に初めて参加いただきました。

そして夕食後、時間に余裕のある者が有志五、六名あるいは七、八名で屋上に上り、夕涼みを兼ねたパーティーをして冷やした中国製シャンパンを飲みました。珠江の河を見降ろしながらの「佳き息抜きのひと時と言えようや」でした。

それでもなお不足の人たちは、事務所に帰ってから、氷を東方賓館までタクシーで貰いに行ったものです。当時いずこのホテルでも氷は置いてなく、東方賓館のみが作っていたのです。それでいつも事務所の備品として、内側がプラスチック製で氷が溶けにくい「氷入れの器」を持っていました。これはしばらく交易会ごとに役立っていた貴重な備品の一つでした。毎回閉幕後は、事務所機器や事務用品などを、まとめて何箱かカートンに入れてホテル側に半年間預けるようになっていました。

そしてもう一つ、大事な秘密の決めごとがありました。交易会への参加者は嘱託社員も含めて全員が香港支店に立ち寄り、たばこ二箱とウイスキー二本を預かり、広州の野村の交易会事務所に渡すことが、参加者の任務でした。このたばこと酒が、交易会に来た公司《コンス》客[*2]や、参加者の我が社の客などの接待に使用されました。これは、極めて「Nice Idea」なルールで最後まで利用されたと思います。

それと特記として、弊社社員で東村清氏（中国室長・交易会団長）と西村清氏（鉄鋼輸出）の二名が参加していました。東村はいつも団長兼酒たばこの管理者で、西村は毎回ではありませんが、参加する時はヨーロッパ人らと有志のラグビー試合をやっていました。

＊1：現在では、交易会も全く変形して、会場は珠江の南側の江南に変わり、同時に業界別に三、

四日の小刻みな会期にて開かれ、全開催日は十五〜二十日に短縮されています。

＊２：①国営の比較的大型の商工業の企業体をコンスと言います。②外国で言う「会社」という言葉に当たり、株式会社、有限会社などを含みます。

三　これが商社マンの仕事か？

①ビラ配りとデモ行進
②よび込み
③政府への抗議

このような、普通の会社ならば日常の業務とまったく関係ないことが、友好商社の東西貿易室或いは中国室のメインの仕事でした。今ではまるで信用してもらえないでしょう。半世紀も違えば、世界が変わってしまうようなことがその時期にはいくらでも見られたのです。

当時は日中貿易が夜明けを迎える時期で、日本政府への政策反対や中国側への「支援応援の態度」を表明するなど政治的な行動により、中国からの評価をよろしく見せることが、友好商社の役割でした。しかし、こんなことを真面目に(?)真剣に(?)やれるわけがなく、並いる専業商社に混じり、全体的な行動には参加しましたが、すべて「中団待機策」がベターだと、会社上司から常に指令を受けていました。それは、競馬の競走馬に例えて「決して先頭に立たず、またビりも目立って困る」ので、馬の集団の中央付近で待機するのが良いという策でした。
では、具体的にはどんなことをしていたのでしょうか。

①ビラ配りとデモ行進

日中間には種々問題が山積していましたが、当時比較的大きな問題が起こったのは、クラレのビニロン繊維の生産プラントが日本輸出入銀行の融資で、中国向け大型契約がまとまった頃でした。岡山の倉敷レイヨンの設備を、西日本貿易株式会社が窓口となり契約しました。これに続けと大日本紡績（のちのユニチカ）が同じビニロン繊維のプラント設備一式を中国向けに商談中でしたが、当時国連での中国の正式代表は、北京政府でなく台湾の「中華民国」でしたので、台湾から種々横やりが入り、日本政府もそれ以前に「中国には出さない。政府機構として関与しない」との「吉田書簡*」を台湾に提出済みだったこともあり、この二件目は許可が下りない状態でした。

そこで友好商社の出番となったのです。友好商社が一体となり「吉田書簡反対」とか「ニチボービニロンプラント許可せよ」といったビラ配りとか、更にもっと大きなデモ運動を全国的に統一して実施することになり、全国的に期日を一にして、大阪なら扇町公園に午後集会を行い市内をデモ行進した後、夕刻に再度扇町公園に再集合して、大阪からは七十～八十名がバス二台に乗り込み、箱根越えの徹夜バスで東京まで行き、翌日日比谷公園に集い、全国各地から二十余台のバスが集結し、大団結して「総決起集会」を行った後、総理官邸へ陳情に行きました。これには、小生自身も参加していました。非常にきつかったけれど、こんな貴重な体験はなかなか味わえないものです。我が人生の一つの勲章ものと言えるでしょう。

ビラ配りの際には、通常勤務より一時間も早めに家を出て、当時近鉄電車の上本町六丁目駅経由で出勤しておりましたが、上六の改札出口で小生がビラ配りをしている時に、偶然に我が家の隣のご主人に「片本さん、何してはりますの？」と言われてまったくビックリしたことがありました。これも我が人生で強烈な印象となった出来事でした。

＊「吉田書簡」は吉田茂総理大臣の時の台湾政府宛の「中国大陸（中国共産党政府）とは絶対に付き合わない」との誓約書。

②よび込み

会社内で右記のようなイベント時に、どこの部署からどなたに参加願えるか、社内の人集めをすることが大事な仕事でした。ある面でひょうきんなところがある自分でしたので、社内の部課長さんにお願いに上がることは別段苦にはなりませんでした。

畜産課や水産課でもまれに協力をいただいたことがありました。おかげで社内での顔が広まりました。

③政府への抗議

これには、①のようなことはもちろんですが、例えば他に佐藤栄作首相が訪米する時に羽田空港近くで「佐藤総理訪米反対」「安保反対」などの旗やプラカードを持ち、道路脇で「座り込み」もしたものです。[*1]

こんな時でも、決して新聞報道写真に出るような派手な動きはするなというのが会社の方針でした。逆に専門商社[*2]はこんな時こそ一番写真に大きく出るような行動をするのが、即商売に繋がります。

＊1：この日には、我が先輩の稲垣伸治氏が交易会参加を遅らせて、羽田デモに参加いただきました。

＊2：トン当たり数十万円儲かる「大正えび」一〇トンの乙波（オファー）に繋がることもあったようです。

四　雅な〝和歌〟の生活　初回北京駐在一九六七年十一月～六八年九月

友好商社は、いずこも中国語を話せる社員が不足していて、春秋の交易会後に北上して北京に会社の代表として半年滞在し、次の交易会で北京より広州に下り、そして更に一カ月の交易会終了後に日本へ帰国するというのが普通でした。そうすると、一人の社員が一年の内、七カ月は中国におり、残りの五カ月は日本ということになり、我々仲間では「五七五七七の『和歌』のような雅な生活」と皮肉って言っていました。しかも春から秋なら、雀が焼けて落ちると言われた摂氏四十度超えの暑さの中、エアコンもない新僑飯店で暮らすのです。一時間眠ると「汗びっしょり」で目が覚めてベッドの上に敷いたゴザに汗が溜まっています。

逆に秋から春となると、零下二十～三十度の寒冷下で過ごすことになりますが、冬場はオンドル（温突）の暖房が行き届き、夏よりは過ごしやすいかもしれません。ただバスタブにたっぷり浸けたバスタオルが、一夜でパンパンに乾くと言う超異常乾燥の世界も我慢できない場合もあります。

冬場は赤い絨毯の上を歩き、エレベーターや部屋のドアで、いつも「パチッ」と静電気が出ます。気持ちが悪いほどでした。

この超乾燥した冬の北京を二年連続で過ごした結果、小生はもともと気管支が弱いので〝喘息〟になり、以後数年日本でも、ほかの土地にいても喘息の発作が起き、十数年間も苦しみました。この喘息に関しては、相当に多くの病院や専門医を訪れて治療を受けましたが効果がなく、香港駐在時も時々発作が出ました。最終的に香港から帰国後大阪本社勤務だった時に、一九八二年春から八四年春までの期間に、良きアドバイザーがいて大和銀行備後町第二ビルの地下に藤崎耳鼻咽喉科を紹介してもらい、ここでアルゼンチンの牛の肝臓エキスか何かを一週間に一度注射してもらい、五～六週間の注射の結果、完全に良くなりました。これには大満足して、大感激大感謝でした。

ここで一つ面白い話をしますと、中国語で「気管支炎」というと、「妻管之厳」（妻の管理が厳しい＝かかあ天下）と同一の発音になるのですが、二通りの意味になります。小生はまさにこの両方とも抱えていました。これは後の香港駐在時に中国人から教えて貰った話です。文字通りの二通りの気管支炎だったわけです。この言葉は今現在も中国でよく使われています。

五　北京駐在生活

北京での生活いろいろ

ヒマを玩ぶ術なく、悶々と時を過ごしました。更に、色気なし・無味乾燥・常時監視されている、という毎日でした。

また、新僑飯店ホテル内の電報局は夕刻六時半に終了するので、同日夜中の十二時以前なら、翌朝配達の「ＬＴ電報」が安くつくため、各社仕事が忙しかったり昼にサボった場合、夜中に電報局へタクシーを飛ばしました。

新僑飯店の朝食は、一階中華食堂で毎朝一碗の素うどんを食べるのが習慣でした。ホウレンソウまたは別の野菜を入れた汁そばです。これが淡白な味で非常に美味しい。そして我が輩好みの李おばさんをよく見かけました。「今日も元気で行こう！」と、これが一日のスタートでした。

新僑飯店の六階洋食堂で週に一回か二週に一回、週末にハルピン産のワインを飲みながらキャビアなどをつまみ楽しみました。ビーフシチューが美味かったのを覚えています。

一九七二年九月二九日の日中国交回復後「マオタイ酒」が急激に飛ぶように売れて、あっという間に売り切れ、代わりに四川省産の「五糧液」が登場しました。マオタイの五五％より更に強い六〇％の酒でした。マオタイ特有の香りがなくなり、ちょっと寂しい思いがしました。

数年後、新造のマオタイ酒が上場しましたが、これは以前の本物とは全く異なる偽物でした。少し残った「本物」は、現地売値で日本円一万円以上で売られるようになりました。

「五糧液」といえば思い出すことがあります。一九七三年か七四年だったか、業種別の小交易会が中国の各都市で開催されており、その時ちょうど北京で『繊維関係小交易会』が行われ、野村の輸入繊維のJ課長が大量の綿布を買い上げたということで、交易会で「最大のバイヤー」になったことがありました。紡織品総公司《コンス》の副総経理の韓女史が閉幕式後の謝礼宴会で主人役を務められましたが、J課長は先に帰国していたので我が輩が代わりにナンバー1の客である主賓として韓副総の左隣の席に座らされて接待を受けました。その席でその「五糧液」を飲みました。この時以降はいつも宴会ではこの五糧液が登場しました。

余暇の過ごし方

①マージャン「打麻雀」

一時、全面的に〝マージャン禁止〟または〝自粛、実質禁止〟という時期がありましたが、唯一の「息抜き」であるマージャンでもやらないと気分転換もできないので、できる人は時間を見てやっていました。

特に中国のコンスは夏場は午後三時半までの長い「昼休み」をとる習慣があるので、ウィークデイの昼休み時間でも、マージャンを二時間ぐらいできるのです。わずかの賭け金ですが、数日の食事代ぐらいにはなりました。

蛇足ながら、この厳しい中国への対応のため、日本の娯楽用具の会社が「防音用のゴム製マージャン牌」を開発して日本で売っていました。無論中国用に各社買い込んで交易会や北京事務所用に持参していました。これは中国駐在員には大変重宝な物だったことを覚えています。

②初のスケート体験―頭一次（最初の）滑泳―

冬場の北京滞在時に、一冬だけでしたが、北海公園と頑和園に数回ほど他社の若い人（おそらく西日本貿易の池上誠氏と千曲産業の河合氏）と共にスケートをしに行きました。初体験ですが、いきなり「滑れてビックリ」でした。しかし、すぐに転んでしまうため、その度に中国の子供たちに「日本のおじさん！　しっかり頑張ってや」と冷やかされたことを記憶しています。我が人生で〝初体験〟であり本当にただ一回きりのスケートだったので、気分は爽快、「楽しきことこの上ない歓喜の叫び」を上げた懐かしい思い出となりました。天気の良い真青な空の下、どこかでピーンと氷の割れる音を聞きながらの楽しい体験でした。

③琉璃廠街で骨董を買う

北京旧外城の繁華街の一つ、唯一骨董店の並ぶ琉璃廠《リューリチャン》というところは書画・骨董品・文房四宝（筆・墨・硯・紙）で有名で、時間がある時にはここへ冷やかし半分でたまに出かけました。この通りで有名な「栄宝斎」という老舗店で掛け軸や古代の陶器・清朝の時代ものなどを買って、帰国後に親戚や友人に配ったものです。その中で一部我が宅に掛け軸・骨董品が数点残っていますので、機会があればテレビの鑑定番組で鑑定してもらおうか、などと密かに考えています。

④オープンなトイレ「万歳！」

右記の琉璃廠だったと思いますが、公衆トイレに行った際、折悪しく紙を持っていなかったので隣に入っていた子供に貰ったことを思い出しました。トイレといっても、扉もなく横とのしきりもなく前と左右に高さ一五センチ、長さ二〇センチぐらいの、低い仕切の小さいコンクリート壁があるだけです。だから先の紙なしの時には大助かりでしたし、極めて公開的で実に愉快でした。

⑤糧票《リアンピャオ》で食べた豚まんは「よそで味わえない」美味さ

前述の北京在住の外事専門家・土肥先生の紹介で、友人数人と前門外の豚まんが美味いと評判の店に「豚まん」を食べに行きました。ただしこの店は一般市民のみ、外国人は行けません。理由は一般市民が行く店では「麵類を食べるのに糧票が要る」ためです。この時は我々は土肥氏からこの「糧票」を貰って行きました。味は前評判通り「大変美味かった」です。そして値段の安いことに驚きました。四人でたったの数元！（もちろん糧票を使った上ですが）貴重な体験をさせて貰いました。

小麦粉は統一された「主食料の一つ」であり、すべて人民に配給制で事前に「糧票」が配布されます。数年後に豚まんが美味いという天津の『狗不理』に行きましたが、これと遜色ない美味しさだったと思います。
⑥元女優さんの按摩
七〇年代後半でしたか、北京飯店に遂に美人の按摩師のいる按摩室が生まれました。噂を聞いて一番に出かけてみました。元女優という別嬪さんで、ちょっと歳はくっていましたが、なかなかの美人でした。首から上のマッサージでしたが、一応所期の目的は果たせました。いよいよこの方面でも改革が進むのか、という気配が感じられました。

その他北京での思い出

無味乾燥であり、おんな系の話は皆無の北京で、半年間悶える若き悪ガキの息抜きは、①某友人曰く。バスタブでハエの羽を抜き取りセンターポール（亀のあたま）に十数匹を止まらせる時の快感。②ホテルの部屋の事務デスクの旧式電気スタンドに赤い風呂敷を被せて妖しい雰囲気を醸し出す急造のスタンドバー。③北京では珍しいパーマをかけた中年の不可思議な色気を漂わす女性タクシードライバーの運転席の横に乗り、世間話をしながら輸入公司ビルへ行く時間だけのわずかな息抜きなど。このタクシードライバーの彼女は四十歳を超えたくらいでしたが、色白のどこか玄人っぽい女性で、乗っている車は一九五〇年代の黒のオースチンで、なんとも言えない〝ええ雰囲気〟がありました。また新僑飯店のタクシーには同年代のベンツもあり、懐かしいクラシックカーのオンパレードでした。パーマをかけた女性ドライバーは二人おり、もう一人は太めの話しやすいおばさんタイプでした。

新僑飯店の料理の味

これは特筆すべきことと思います。新僑飯店は日本人専門のホテルだったので、日本人好みの味付けになっていたのでしょうか。その点は非常にありがたく、かつ食事が楽しいものとなりました。特に美味しかったメニューは、一階の中華では酸辣湯（スアンラタンスープ）、トマト卵スープ、酢豚など。六階の西洋料理では、ロシア料理のボルシチとビーフシチューが圧巻でした。現在でも思い出せるぐらいですから、よほど腕の良いシェフたちだったのでしょう。洋食で「キャビア」が安く食べられるのもありがたいことでした。一皿に二〇〜三〇グラムぐらい入って人民元五元（七五〇円）だったと思います。

新僑飯店の中華食堂の良いところを二つ挙げると、その一つは食堂服務員（サービスする人）の責任者である金さん（四十歳代半ばの男性）の接客振りが非常に良くて、みんなに人気があったこと。もう一人色白で割とすらりとした綺麗な女性の李さん、この二人は別格でサービスが抜群に良かったです。

二つ目は「五星啤酒」（五星ビール）が独特の香りがあり美味しかったこと。普通は「北京ビール」が一番多く飲まれていました。これは割とアッサリ系の味でした。なお当時は中国製で「飲める酒」は、このビール以外には紹興酒と昔の満州のワイン（吉林の葡萄が原料）くらいで、あとは飲むものはありませんでした。五星ビールは中国で当時最高級のビールで、国賓やそれに準ずる客の接待に使われていました。

また、日本の蕎麦聯合会の会長が蕎麦原料買い付けのために北京に来る時に、日本の蕎麦を持参してくれて新僑飯店の食堂に頼んで、ちゃんとした「ざるそば」を食わせてもらえるのも嬉しいことでした。これは久し振りの日本食として、みんなに大変に喜ばれました。ちなみに我が社はその蕎麦輸入商社のメンバーでした。

六　社会主義国との取引は独特なもの

社会主義国である中国での「貿易のあり方」は、他の国の市場では見られない現象が現れます。順を追って説明してみましょう。

北京中央での商談は、商社が出向き中国側の会社と面談します。この会社は大きく分けると次の二つでした。一つは北京市西郊区二里溝にある「進口大楼」[*1]です。タクシーで三十分ほどのところにありました。タクシー代は十〜十二元ほど。もう一つは北京市東単にある「出口大楼」でした。タクシーで十分ほどの所でタクシー代は三元でした。[*2]

進口大楼は、主として五金鉱産・化工・機械・技術輸入などの輸入品を取り扱っている五つか六つのコンスが入っていました。当時の最大の大口は五金でした。年に一回限りと言えども、国家外貨予算の大半を使用するのが鉄鋼製品でした。なにしろ輸入決済時のゴーサインをもらうのに、周恩来総理のサインが必要と言われるほどでした。

一度の買い付けで、最少でも一〇〜二〇万トン、金額として五〇〇〇万ドルから一億ドルになるのです。日中間の貿易量はあの頃せいぜい年間で一億から二億ドルだったと記憶しています。五金のほかは、化学品の肥料や繊維用の染料類の輸入が多く、その他に機械やプラント類が動き出した頃でした。

出口大楼には、糧油食品・紡織品・土産畜産・工芸品・軽工業品など五、六の中国からの輸出品を扱うコンスが集まっていました。中でも繊維製品や糧油関係のコンスが多くを占めていたと思います。[*3] 綿布やシルク関係の織物がメインで、後は食糧関係が多く大豆中心の油類から水産物の輸出が急伸した時代だったと言えます。

最後に触れておきたいのは、社会主義国であることから、中国は日本の業界ベースでの談合やカルテルなどを嫌い、例えば繊維原料なら各メーカーそれぞれに価格が違って当たり前と解釈しており、カルテルには絶対反対で業界統一価格には激しく抵抗したものでした。そのため、毎時商談で購入するメーカーが値を決める時には多くの調整が生じていました。一方で、普通鋼や肥料類に関しては準政府間の年間ベースでの大枠が決められている場合、まとめて商談するので、関係商社間での配分時などは極めてスムーズでした。特に肥料関係ではメーカーごとに商社群が決まっており、比較的平穏に推移していました。我が社も肥料用塩安（塩化アンモニウム）の窓口になっていました。そして、小生は当時たまたま化学品輸出の部に在籍していたので、塩安を船に積み込む時の時間管理担当も経験できて、デスデマ[*4]の計算まで覚えることになりました。これも幸運でした。

＊1：進口大楼は「輸入ビル」、出口大楼は「輸出ビル」という意味。

＊2：人民元のレート：この頃一九六〇～七〇年前半、一元は日本円で一五〇円。したがって、タクシー代は非常に高いものでした。

＊3：①食料の増産のためには肥料が必要です。そして輸出外貨獲得には、まず繊維類の輸出が当時はトップでしたので、そのための繊維原料や染料の輸入が不可欠でした。これら商品をすべて扱っていた我が社は、先人たちの目が正しかったと感じました。②紡織品、糧油食品、土産会社の順位で、外貨を稼いだと思われます。③紡織品コンスとの取引は、繊維原料ではスフ綿と人絹糸が初期日中貿易の主要輸入商品でした。食品関係の輸出では、この時期には水産物の花型商品である「くらげ」、「大正えび」を各社が取り合っていました。これらは特に専門友好商社向けの

「配慮物資」で、普通の魚類では黄花魚（黄グチ）が多かったようです。我が社が参入できたのは、このグチ（蒲鉾の原料になる）ぐらいでした。④後には、紡織品ではポリエステル原料(Toray/Teijin のテトロン綿）やアクリル・ナイロン糸などが中国側の輸入の主体となります。

＊4：予定荷役時間内に荷役作業を終えることができなかった場合、デマ（延滞料）を荷役側から本船に対して支払います。逆に予定時間内で荷役作業が終了した場合は、本船側がデス（早出料）を支払います。

七　日中の二つの国際貿易促進委員会

木村氏と江清氏のこと―国貿促の初期の仲介人―

中国では、国交未成立の国との貿易を促進する、もしくは貿易を管理する中国国際貿易促進委員会という部門が、国家機関（外交部や商務部と同列）の一つの部署としてありました。そして日本側には民間の任意団体で、日本国際貿易促進協会という組織があり、これは商社やメーカーなどからの会費で成り立っていました。今で言う「一般社団法人」です。当時我が社は年間百万に近い会費を払っていました。

我々は大阪を基盤にしておりましたので「国際貿易促進協会（国貿促）関西本部」と付き合いがありました。当時の中心人物は木村一三専務理事で、東京本部よりも人気があったと思います。

時に大きな取引の口利きを行い、関西本部の事務所を盛り上げていました。淀屋橋の御堂筋東側の安田信託銀行のビル五階に事務所がありました。木村一三氏が専務理事、古賀新蔵氏が事務局長、久貝洋子さんが専務の秘書でした。久貝女史は、背が高くスタイルの良い、面長の美人でした。

我が社にとり国貿促にはあまり働いて貰えませんでしたが、担当窓口として私なりに「お付き合い」をしていました。平たく言えば、弊社は何も利益を受けていないのにカネだけ出した良いスポンサーと言えます。また木村氏は、一九六〇年代には時々自ら北京に長期滞在しておりました。訪中前に知り合いの各社の社長を訪ねて餞別を貰っていたようです。我が社社長も小遣いを上げていた一人でした。当時の社長は、植田喜代治氏で、恰幅も気前も良かったと記憶しています。

一方、中国側の国貿促委員会の対日本商社の担当責任者が一九六〇年代、新僑飯店一階の玄関より右側の一六九号室に常時駐在していました。当時の代表が江清（Jiang-Qing）といって日本人仲間では有名でした。タイプとして「性格は正直ながら、粘着型でしつこい」と小生は勝手に判断しておりました。年齢は四十半ば頃で、背が高く一七五センチほどもあり、がっちりした体格でなかなかの風格がありました。彼については我が輩にとってすごく懐かしい思い出があります。

というのは、初回の北京駐在で、右も左もわからない若造がまるで赤子の手を捻られるごとく

『毛主席語録』（扉）

に、江清さんに〝教育〟を受けました。あの時はちょうど「文化大革命」に突入して二年目で、『毛語録』がみんなの教科書でしたが、この語録とは別に『老三編』という「為人民服務（人民にサービスする）」、「記念白求恩（ベチューンを記念する）」、「愚公移山（愚公山を移す）」の三編が別の小冊子にまとめて出版され、『毛語録』とともに必読書とされていました。

ある時、江清氏との約束で一週間後に、新僑飯店六階の洋食部の横の集会所で、私がホテル従業員や商社員ほかの宿泊客の前で、この一編の「ベチューンを記念する」を暗誦することになりました。おおよそで二百〜三百字はあったと思います。当時中国語も「まだまだ」の段階でしたが、思い切って挑戦し、なんとかやり遂げました。このおかげかビザも簡単に延ばしてくれるようになり、ある時は一度に二カ月も延長してくれることもありました。江清氏の片本評価が良好となったことを示していたのだと思います。

これに付随して、翌年の五月一日労働節（メーデーの日）に長安街にある歓礼台（中共主席らが一般人民に挨拶する高台の歓覧席）に友好商社員二、三名が特別に招待を受けました。メーデー祭の大群衆の集まりです。これにも大感激でした。十月一日の国慶節とこのメーデーの年に二回だけ、天安門広場に超多数の人民が集合して、軍隊の行進・武器類のパレード・一般大衆の踊り行進など、賑やかな一大イベントが行われます。

　蛇足ながら、江清は Jiang-Qing と言いますが、毛沢東主席夫人の江青女史は全く同じ発音（Jiang-Qing）です。忘れようとて忘れられぬ人でした。

スパイ容疑で日本人記者や商社マンが逮捕された時代―暗闇の世界―

　この文革時には〝スパイ容疑〟というカドで、逮捕され牢獄にぶち込まれるというようなことが頻繁に起こりました。

　この代表例が、日中記者交換で北京に派遣されていた日経新聞社の鮫島敬治氏です。彼は一九六七年十一月に逮捕され、なんと三、四年も監獄に入っていたようです。同氏逮捕の二日前に、大阪外国語大学Ｃ４の我が先輩・ニチメン松村誠三氏（鮫島氏と同期）のアレンジにより北京駐在の六、七人で鮫島氏のアパートで同窓会を開いたばかりでしたので、全く寝耳に水のビックリ仰天でした。釈放後も鮫島氏は何も語らず明かさずに過ごされたようです。最終的には日経の副社長にまで昇進されましたが、この時の心労か不幸にも七十二歳の若さで逝去されました。これはほんの一例ですが、そのほかにも多数の逮捕者が当時しばらくの間に続々と出ました。当時は自由報道から「ほど遠い」メディア抑制だったと見られます。

　二〇〇二年頃に我が大阪外国語大学中国語専攻の同窓会である「鵬翼会」が設立された際に、大阪の上本町八丁目の国際交流センター（元外大の所在地）で鮫島氏と再会しました。一言言葉を交わしただけでした。同会で波床先輩とも再会できました。

また、一九六七年秋に小生がちょうど北京新僑飯店に着いた時に、D商社の北京駐在員四名がスパイ容疑で新僑飯店内で「軟禁状態」となっていました。仕事もできない・外出できない・四六時中監視されている様子で、同じホテルなので食事時にちょくちょく会いましたが、我々と顔を合わせたくないので、一階（中華）か六階（洋食）の別のレストランになるように意図的に行かれていたようでした。一年ぐらい後に四名全員が国外退去・帰国となったと思います。

次の交易会の参加者でも深圳に入った途端いなくなったとか、交易会閉幕後香港に帰って来ていないなど、行方不明者が四、五名出たようです。当時はあまりイイ雰囲気でなかったと思います。

八　「LT貿易」準政府間の貿易について

一九六二年秋に、従来より日本政府の中で比較的〝親中国派〟という高碕達之助氏（当時経済企画庁長官）が中国の廖承志氏（中日友好協会会長）との間で、日中長期総合貿易に関する覚書、いわゆるLT協定に調印しました。長崎国旗事件以後約二年以上双方の取引関係が中断していましたが、日中双方の歩み寄りで徐々にまずは友好貿易をベースにして回復基調に戻り、その次のステップとして両政府間でとの段階まで進み、ようやくにしてここまで進展しました。

ＬＴは廖承志（Liao Cheng-Zhi）と高碕達之助（Takasaki Tatsunosuke）のローマ字の頭文字です。

この準政府間貿易は毎年一回行われ、鉄鋼、肥料、バーター取引、長期延払い融資など大切な項目が含まれていました。そしてこの「準政府間貿易」と普通の「友好貿易」とが、車の両輪のごとくお互い補助しながらトータルで、大きく伸びたのです。国交回復の一九七二年まで、この両者はある年は「友好」が多く、またある年は「ＬＴ」の方が多いという具合でした。なおＬＴ貿易は五年間協定だったので六年目から「ＭＴ貿易」（覚書貿易）と改称され一年ごとに更新されるようになりました。当時バックボーンとなられた日本の政治家は、松村謙三氏（高崎達之助の後ろ盾）、石橋湛山氏、大平正芳氏らです。そして民間ではＡＮＡ航空社長の岡崎嘉平太氏でした。そして中国側は、いつも周恩来総理を中心に行われました。

九　一九七〇年代前半の中国の動きと変化

まだこの時期は文化大革命の嵐が続いていて、我々の商売は厳しいものでした。急激な世界の動きもあり、即ち一九七〇年代に入ってアメリカの大統領補佐官キッシンジャーが急遽訪中し、米中が急接近したため、日本政府も慌て出して、一九七二年秋に「日中国交正常化」という歴史的大事件が起きました。これにより、日本国は台湾政府との接触を切り、大陸本土と正式に付き合うことになり、各社大商社も含めて「周四原則」を前提にあらゆる取引もすべて見直しとなり、各業界とともに商社地図が塗り替えられることになりました。

帝人の輸出課長・葛目博氏

野村貿易の対中取引での柱は、歴史的にも繊維原料から始まり、合繊時代の帝人や東レのテトロン綿やテトロン長繊維などが大事な商権でした。野村は大手繊維事業会社である帝人との関係で、中国との商談の初めから帝人の窓口になっていました。

しかし再度見直しとなり、帝人の使節団（ミッション）が北京に派遣されることとなり、各社必死の攻めぎ合いが続いていました。その時小生は北京駐在であり、非常に大事な仕事が課せられました。帝人の渡辺副社長（当時）ら代表使節団が北京入りして、当時帝人の輸出課長であった葛目博氏がミッションの中心人物だったので、彼との接触が極めて重要でした。葛目課長はあの時が一番精力的に働かれていたように思われます。帰国される時に、「片本さん、野村さんは大丈夫ですよ」と一言いただき大変安堵したものでした。その後わずか二年の時間を置いて、葛目課長は胃癌で逝去されました。その時にははるか遠い彼方からご冥福をお祈りしたものでした。

窓口となる商社は、野村と日商岩井の二社で、国内問屋では伊藤忠が参画しました。ここで特記すべきことは、当時野村貿易には武谷忠裕氏という原料繊維部長（のちの繊維本部長）がいて、彼は野村には珍しく政治家肌の対人折衝の天才的能力というものを持っていました。帝人・東レ・旭化成・クラレなど合繊メーカーにも全面的に「広い顔」を持ち、大いに各メーカーとの折衝を成し遂げていきました。合繊メーカーとの取引成功の架け橋をつくるに多大な貢献をされた人物と思います。ただ、小生との関係は、ある時は非常に良かったのですが、ある時は一段と悪しき関係となり、並べて良しとは言いにくい間柄でした。最後の方は、小生が繊維本部を離れたこともあり、あまり良くありませんでした。その後彼自身も病気がちとなり接触の機会もないまま、小生がまだ野村在職中に病死されました。ただご冥福を祈るのみです。

紡織品コンス・化工コンスとの取引

帝人のT／Rスーツ用生地を、ある交易会で一度だけ大量に売ったことがありました。総量で数百万メートルを帝人一社だけで成約したと記憶しています。コンス担当は彭効祖氏でした。香港華潤コンスに勤務していたこともあり、紡織品コンスでは一番多く顔を合わせた人物と言えます。

帝人のメインの商談は、やはりテトロン綿で、一九七〇〜七五年当時は、毎交易会で半年分の長期契約が行われました。

当時、帝人からは長野明氏が同社輸出課長として数回連続で参加されていました。長野氏はのちに本社専務になられました。いつも黒のスーツに白いワイシャツを着られておりベストドレッサーでした。小柄ながらいつもきりっと締った精悍な男性でした。

商社窓口は野村と西日本貿易の二社で、片山満正氏が参加していました。野村からは稲垣伸治氏、福田勉氏らの参加でした。我が輩はサブ担当だったと思います。テトロン綿の後は、テトロン長繊維を多く扱うようになっていきました。そしてナイロンフィラメントも出るようになっていきました。帝人からは安光課長、森山課長、難波部長、島課長らが参加されていました。帝人香港の横田所長とは内地勤務時からの知り合いであったので、香港で年間二回行われるゴルフ大会（長野専務盃）に参加していました。

土産コンスから麻原料の買い付け

大陸の湖北省・湖南省・江西省・浙江省などから買い付けていたと思います。当時はあまり多くなく少量の輸入だったと記憶しています。担当者は、湖南省は謝科長、浙江省が高銘女史だった程度しか記憶していません。

化工コンスまたは土産コンスからイノシトールを毎回交易会で買い付け、医薬原料として某ユーザーに納入していました。

かなり初期の頃、野村が糧油食品コンスの要請でウサギ肉を買い付けました。当時は各社「失敗」の結果が出ていたのですが、数年後にうまくいき出すと、弊社のごとき「過去苦労した老朋友」をあまり考慮してはもらえませんでした。このことは、周恩来総理が言っていた「井戸の水を飲むときに井戸を掘った人のことを忘れない*」という言葉を思い出しますが、現実の友好貿易は残念ながらそうでなかったということです。実体験として「遺憾なこと」の一つです。

＊この言葉は、周総理が一九六三年頃LT貿易で日本からANAの社長・岡崎嘉平太氏が北京に渡航した際に言われた言葉のようです。

電気化学の合成ゴムの商社窓口—物産が参加—

その後、大手の三井物産が出てきて、野村との二社共同商談となりました。もちろん当時は野村一社が窓口となっていましたが、大口の商談がまとまる時期に来ていて、合成ゴムのクロロプレンゴムの製造メーカー・デンカの製品を取り扱っていました。三井物産とデンカは従来強い繋がりがありましたので、それを考えれば二社共同はやむを得ぬ事情でした。中国側の窓口は、もちろん野村主導で推移していきました。その時のデンカの担当者は、伊大知氏でした。彼は大変できた男でしたのでやりやすかったです。

東洋ゴム工業のタイヤ商談

大型建機や大型ダンプカーなどで使用する東洋ゴム工業の超大型専用タイヤの売り込みに成功しました。中国窓口は化工会社で、日本側は当時小生が化学品輸出課で直接の担当をしていました。ある時、長期契約が終わり一段落ついた時点で、東洋ゴムより「為替予約を忘れていてエライことになりました。野村さん助けてください」と泣きが入りました。

当時の課長・森本宏氏が長い目で見た判断から、「為替損は野村で見ます。代わりにこの商権の永久保証をくれるように」との条件で決着を見ました。これは森本氏の正しい判断だったと思いました。

桐材取り扱い商社となる—丸一カ月広州で粘る—

本社木材課長・藤沢元成氏のひと月にわたる交易会滞在と、これに我がバイヤーの嘱託会社社長・吉谷氏にも一カ月お付き合いいただいたことで、次回の交易会から我が社が正式の窓口となり得たことも特筆に値すると考えます。二人とはよく粘り強く中国側公司通いをしたものです。商談があるわけでもないのに、毎日午前午後ともに交易会場に行き、担当者に顔を見せていました。毎日丸々三十日間通い詰めたのでした。そんなに簡単なことではありませんでした。この桐材の獲得戦の勝利から、のちのちの中国東北材の「タモ」、「ナラ」原木の取引までに発展しました。これは藤沢課長の頑張り以外の何物でもありません。なお、藤沢氏は小生と同期入社でした。

船舶関係の大きな可能性の予感

前述のニチロ漁業の第二次ミッションに秘書役兼通訳として参加した小生が、その際になんとか野村に船舶の取り扱いの実績をつけるために、団長の内諾を得て、中古船一隻を野村名義で機械会社と契約できるように、実現に向けて努力したのですが、会社全体として考えた場合に、水産部の得意先・ニチロ漁業の初期の目的に不都合をきたしたらマイナス面が大きいので、契約実現は見送りとなりました。小生としては残念なことでした。

しかしながら、船舶関係も今後大きな可能性があるのではなかろうかと敏感にキャッチしたのかもしれません。

このミッション参加時は化学品輸出課に所属しており、一時借り出しの「ワンポイントリリーフ」に過ぎませんでした。しかしこの時の働きで後に再び機械部に移動させられました。

どこで火事といえばそこへ即火消しに走るという「便利屋」商いでした。哀れなるかな！　落ち着く暇なし、いつどこへ、お上の命で、即火消し。

十　中国でのがむしゃらな仕事ぶり

言葉もままならない状態で、果たして仕事ができたのか？　大いに疑問ですが、人間開き直りという武器で、何でも根性一本、気合い一つでやり切れるものです。特に記したいのは、中国側担当者の〝あまりにいい加減な仕事ぶり〟に大激怒し、それらの担当者をやり込めたのは、なかなか気分の良いものでした。具体的に言いますと、紡織品コンスの輸入部の担当女性が、本来弊社に配分すべきものを自分の好きな専門商社に振り当ててしまった時、その怒りを中国語でしかも電話を通じて、相手に伝えたことです。結果は覆りませんでしたが、後日担当より謝罪を受けました。どうも小生は、怒りが頂点に達した時やケンカ事には、日頃出難い言葉が出てくるようです。

このケースはさておき、当時の中国側の北京総コンス（北京総本社のこと）は全中国で一社しかないので、こちらの好き・嫌いで担当を替えることもできないし、人物の好き嫌いは別にして、誰とでも「普通に付き合う」ことが最も重要なことであることを悟りました。このおかげで「ずいぶんと我慢できる」ように成長したと、自分を擁護したい気持ちでした。当時相手にしたコンスの担当者を好き嫌いで分けて見ると、好きが一〇％嫌いが一〇％で、あとの八割はどちらかと言えば「好き」が四〇％とどちらかと言えば「嫌い」が四〇％ということになろうかと思いました。ちょっと小生自身が気性が激しくて、人と付き合う場合に初対面ですぐに好き嫌いを付けたがるようでした。

まとめてみますと、次のようになるようです。小生は自分自身をまるまる一〇〇％相手にぶつけて相手の胸に飛び込む性格でしたので、上手く行き出すと想定外の好結果が得られました。そしてますます良好な関係が続きました。この逆でも、忍耐強く我慢しながら、じっくりとお付き合いしてみると、双方の関係を改善して少しでも前に進めていけるものであることを確認できました。なぜなら、自分が嫌いだからと言って、ほかのコンスはないし、ほかの担当者もいないのです。中国全土で唯一の総コンスですから。理屈は簡単明瞭でした。

当時の各種商談の実例を挙げてみましょう。

①中国側　五金会社　輸入部（ワイヤロープ）　応女史

小柄な体格で色白のオバサンでしたが、歯切れのよいしゃべり方をするさわやかな人だったと記憶しています。普通鋼*は常に配分を受ける側で主役ではないのですが、ワイヤロープだけは我が社・野村貿易自身がネゴシエター（交渉人）となることができました。

普通鋼材は、代表商社（三一企業や西日本貿易）が普通鋼ミルズと五金会社とでまとめて契約して、あとで各社に配分され、全友好商社に行き渡るようにします。この鉄の配分と特殊水産物の特別配慮物資で、個人会社はこれをベースに食いつないでいました。

＊普通鋼：広い用途範囲の炭素鋼を通常一般的に普通鋼と呼びます。これに対しステンレスなどを特殊鋼と呼んでいます。当時弊社の配分は数百トン、数千万円だったと思います。それでもこの普通鋼の金額が主要な扱い商品だったと記憶してます。全社で年間一～二億円の中国との取引額があったと思います。そして我が社の全国シェアは約二%でした。

そのワイヤーロープについてのひとこまを記してみましょう。

日本側代表は関西製鋼の東社長（六十歳を超えたくらい）でした。彼は当時もてなしに老酒は飲む、花札はやる、といったタイプの人でした。ホテルは北京西郊の「友誼賓館」でしたが天井高くふかふかのクッションが置かれたベッドの刺繍をした綺麗な柄のカバーの上で「花札」をやって遊びました。ベッドを挟んでその両脇に二人が向かい合わせに座って打つのでした。その時、あまりに小生が遊び上手なことに唖然とされ、更にある日、中国の会社からの電話応対をしていると「片本さん、上手な中国語を喋って仕事もちゃんとできはるんや」といかにもビックリされていました。

②中国側　軽工業品総コンス　輸入部　雷課長と女性一名

弊社機械部が輸出した大日本スクリーンのスクリーン・プリンターの契約履行時に、当然ながら附属品でカメラ用のコダックのフィルム一巻きが同梱されていて、これをわざわざ商談の部屋に持ち込んできました。一体どうするのか？　と見ていたらいきなり『毛語録』の○○ページを開けろと言い、次に「アメリカ帝国主義は我が国最大の敵……」の一部を朗読させられました。当時は文革中のことゆえ「やむを得ない」ことと理解した次第でした。

③中国側　機械総コンス　輸入部　経理　張氏、担当者　白恩魁氏

ニチロ漁業第二次ミッション、崎山副社長以下五名で中古漁船の売却契約で機械コンスと詳細に打ち合わせを行いました。張氏はこの時が弊社にとり初対面の中国側責任者であったので、気配りして最大限懇切丁寧にお付き合いしました。

この後の秋交易会で北京北上の申請手続きを団長が忘れていて、閉幕後急遽慌てて北京のどこか総コンスの招聘が必要となり、右記の機械コンスのこの張経理宛てに至急電報を入れて、辛うじて事なきを得たことがありました。これは特にたとえは悪いのですが「火事場泥棒」のごとき

機転がひらめいたもので、「我ながらあっぱれ！」の一コマでした。

十一　仕事と共に発展した人間関係

一九六〇年代後半から七〇年代前半に、言葉や習慣をある人たちから学び、人間性にも影響を受けました。今現在も、彼らは我が心の底に残り、かつ大切な思い出となっています。実名を挙げて紹介してみたく思います。すでに故人となられた方もあると思いますが、現時点で消息はつかめておりません。

順不同ながら、お付き合いのあった時期に沿って記してみます。

上：ニチロ漁業ミッション全員（左より白先生，崎山副社長，５人目片本）
下：万里の長城と明十三陵（中央・崎山副社長）

①化工総コンス　染料輸入担当
陳俊宇氏

六十歳近い白髪の大柄な男性でした。彼は言葉のなまりがひどく、四川省か更に奥地の出身でした。染料担当で各方面で有名な人でした。ある年のこと。旧正月（春節初日）に珍しく雪が降って積もりました。その時は商談中でしたが、「今日の雪を『瑞雪』といい、今年は豊作の年であろう」と教えてくれました。〝瑞雪兆豊年（正月の雪は豊年の前兆）〟と言うそうです。いい勉強になりました。

②紡織総コンス　輸入担当　韓継先氏

初の北京駐在時でしたが、「中国語は日本人仲間の中で小生は一番下手ですが、当面は喋る代わりに手紙で貴社に連絡する」と伝えて、日頃より中国語の手紙を書き続けました。ところが、そんなある日商談時に、「片本さんよ、『不惜狗馬之労』は『不惜犬馬之労』で良いのですよ」と親切に教えてくれました。古語の漢字はそのままの古い字（犬）で良かったのです。それ以来彼には大いに可愛がられて、仕事面でも良くしていただきました。僅かに二、三年間のお付き合いで終わってしまい、残念至極でした。その後の消息では、アフリカのどこかの国に商務官として行かれていると聞いたことがあります。また、当時「文化大革命」で中国会社側の人事異動も激しかったようです。

③技術輸入総コンス　総経理（社長のこと）　劉興華氏及び劉旭民氏

我が社で最初で最後の取引ができたのが、我が輩の拙い中国語の「作文」のごとき十数通は出したであろう説得の手紙の成果で、長い時間がかかったが劉社長の最終決断で契約にまでこぎ着けました。感動に浸ったものでした。ただ劉興華氏はその数年後、癌のため急逝されました。非常に惜しい人を亡くしたものと多く仲間たちの悔やみを耳にしたものでした。

この案件は中外炉の炉設備の輸出契約で、元来の窓口だったM社が外されて我が社が代わることになったものです。さもなくば、この技術会社と関係が持てることはなかったでしょう。とはいえ、最終段階でどうしても値段が折り合わずに「にらみあい」の状態が続きました。ですが、これがユーザーにとってどうしても必要な設備であるため、最終的に日本側の値段を受け入れてくれました。この引き合いは我が先輩の稲垣伸治氏が小生の前駐在員で、彼の努力で入手された案件でしたので、まとめたかったのです。

相当な時間が経った今、これらの出会いこそ一期一会と言えるものであったと痛感しています。この方々以外にも印象に残った人物はたくさんいました。以下に数名挙げてみたいと思います。

④機械コンス　輸入部　蔡明徳氏
船舶用エンジンなどの担当で、よく面談を重ねたものでした。あまり大きな商売はできなかったと記憶していますが、真面目な性格で人柄の良さそうな人物でした。

⑤同じ機械コンス　輸入部　薛彬氏
長い間繊維機械を担当していた人で有名でした。紡機他の部品の話などをした記憶はあるものの、取引の実績はありませんでした。

⑥紡織品コンス　輸入部　徐守蔵氏

野村貿易で古くから取り扱っていた、系列会社の東洋繊維の麻一〇〇％織物でテーブルクロス用六〇インチ幅のものを定期的輸出していたのですが、ある時クレームがつき、その時の担当者が徐さんでした。織物に穴が空いているとのクレームでした。すべての欠陥品を交換するのは不可能で、また契約書には一反（約二〇メートルまたは三〇メートル）に一個か二個の穴は「許容範囲」だったはずでした。この商品は特殊製品でしたので、一部代替品を無償で出すことで解決しました。

⑦糧油食品コンス　馮子文　経理、金光石氏　総合部日本語通訳

金氏は非常に日本語の上手な方でした。大正エビの乙波（オファー）が出るシーズンになると、面談を行います。馮氏は四川省辺りの奥地の出身で、標準語が喋れず、通訳金氏が困ると言われていたのを覚えています。

交易会での新朋友（新しき友）との出会いや老朋友（古き友）との再会

①化工交易団の新担当者・染料担当　余文秀女史

一番最初に出会った陳俊宇氏から始まり、馬克生氏を経て余女史となりました。一九七〇年代後半から相当に長い間担当されました。人物はすぐれており、明朗闊達で真面目な方でした。容姿もスマートで顔だちも良く、好感度も優良でした。

②化工天津分コンス　孫壽敬氏

交易会ごとに商談を行っており、古くからの付き合いでした。染料の中でも顔料の中間体の担当で、野村では和歌山精化の３ＤＣＢなどを交易会ごとに一億円近く売ってきていました。

十二　当時の中国滞在中の出来事

文化的動き・観劇やスポーツ観賞

訪中する日本の各社の代表は、すべて事前に中国側の審査と認可を得てから訪中の運びになるのが一般的でしたので、滞在中の流れに一つの雛型ができており「定形化」していました。北京に到着したら、関係会社の出迎えを受けて、到着日の夜は中国側からの歓迎宴が開催されます。それは大体前門外の「全聚徳」という北京ダックで有名な店、あるいは北京飯店の中にある中華料理店で行われます。そして順調に三〜四日で商談が終わると、最後は日本側のお返し（お礼）の宴が行われます。場所は北京料理の「豊澤園」をよく利用し、一人単価人民元で百元が相場でした。中国側が接待する場合、同じ料理店でも値段が我らの三分の一あるいは五分の一と聞いたことがあります。真偽のほどはわかりませんが。

そして四〜五日の期間で空いている夜の時間に、中国側の招待でスポーツ観戦や京劇などの鑑賞が入ります。スポーツでは、東欧のどこかと中国のアイスホッケーの試合に招待されたり、一九六五年の日本工業展の時には本格的な京劇に招待されました。これは「文革」前の京劇鑑賞としては唯一の機会でした。一九六五年以前には、登場人物の衣装や顔の化粧一つで、例えば青白い顔のものは「悪者」など、どんな役なのか見分けがついたようです。逆に「文革」が盛んになった一九六七年以降などは、『白毛女』『紅色娘子軍』など革命思想の作品ばかりとなり、あまり興味は持てませんでした。興味がないのにお付き合いで断れずに見に行ったものでした。見世物で楽しく見られたのは、雑技団の曲芸でした。これは今なお不変で世間では重宝されています。

時代変われど、または世界の様相が変わっても、変わらない物はスポーツぐらいでしょう。当時日中両国で一番に活用されたのはピンポン外交とまで言われた『卓球』でした。その卓球の荻村伊智朗選手、バレーボール（排球）の南将之選手（旭化成）、そして二十年後には息子の南克幸選手（同じ旭化成）、中国の郎平選手（後の国家チームの女子軍の監督）などなど有名な選手を多数見られました。これは一種の役得でした。

また、中国政府首脳の姫鵬飛副総理や喬冠華外交部長などは、これらのスポーツ観戦でよく顔を見かけたものでした。招請した外国人への歓迎の意味で国家幹部が顔を出したのです。ついでながら、中国滞在中には外国の国賓の方々を見かける機会も極めて多いものでした。北京ではアメリカのカーター元大統領やフォード元大統領を、広東省では英国のエリザベス二世女王を間近でお見かけする機会も得ました。ほんの二、三メートルの距離でした。これも中国ならではの機会であり、我が輩らの仕事も外交的な役割も担っていたからだと思います。「さもなくば、かかる機会があらうかや」でした。

当時のその他の出来事―中国人四、五人の首を切る―

①その一のケース：タクシー運転手（一九七二年）

珍しく北京で積雪した早朝に、前夜来の雪が半分溶けて滑りやすい状態の積雪の道で、それに加えて悪いことにタイヤがほとんどフラットになるほど摩耗していたタクシーに乗って北京空港へ向かっていた時に、柳並木路をせいぜい時速四〇キロほどで走行中、運転手がハンドルを取られ滑り出したところで、三メートルほど下の溝に落ち込みました。そのはずみで小生は腹部の中心を、同乗の相方が胸を強く打ちつけました。

その足ですぐに北京の首都病院に行き、医者に診察を受けましたが、この診察振りにびっくりしました。まず懐中電灯で二人の瞳孔を見た後、腹部と胸部を抑えてみて、異常なしと判断し、帰ったら今夜は二人とも水分を多く取り、腹痛など痛みなければ「問題なし」との診断でした。当時我々は「友誼賓館」に宿泊していたのですが、ここでの知り合いである「北京週報」の日本語責任者・土肥駒次郎氏が、こんな治療方法があるかと首都病院に掛けあったのが引き金となったのか、担当の運転手は翌日から姿を見せなくなりました。

②その二のケース：青島地区支社長

一九七〇年代前半、山東省でのアパレル生産が集中的に多くなり、毎冬から春先にかけてその出荷がピークを迎え、駐在員の仕事が多忙となりました。そのため、各地域への出荷督促係として応援出張で派遣されて、我が輩も青島に三カ月滞在し、出荷の督促に努力しました。その季節に限って製品の欠陥も多数出てきて、会社的に大きなクレームとなりました。青島地区の支社(山東省支社の傘下の各地域の営業所に相当する)の経理は非常にもの分かりの良い生一本の好人物で、当時として最高額の数千万円となる損害賠償を理解してくれて解決しました。我々は非常に喜びましたが、中国側としては内部処理が困難となったようで、その後すぐにこの好人物の経理がいなくなりました。これは、その後の我が社の取引でも大きなマイナスとなりました。

③その三のケース:土産品会社の青島営業所の担当者

一九七〇年前後の交易会で我が社の顧客(嘱託として参加できる)から、柿の木を乾燥させてゴルフのヘッドを作ろうという提案があり、これもたまたま土産品会社の青島営業所の担当者が次の交易会に向けて、地方の百姓たちを説得して多数の柿の樹木を切り倒して、乾燥させて大量の試作製品を持ち込んでくれました。だが結果は、ほとんどの製品が乾燥時に「ひびわれ」を起こして不合格品でした。第一歩でしくじりましたが、これには我が社の指示書が徹底しておらず悪かったと思われます。が、これが中国の青島地域の百姓たちに多大の損害を及ぼしたとして、翌翌回の交易会には担当者が責めを受けたためか、この担当者の顔を見ることはありませんでした。これは商社として仕事の取り組み方があまりにイージーに過ぎたのではと、反省を促したいところです。

④その四のケース：タクシー運転手

これは時代が大きくずれて、一九九〇年代中頃広東省での出来事です。東方賓館のタクシーで広東省東莞へ年初の挨拶に出かけた帰り路、夕刻広州で大事なアポイントがあるので急いでいた折に、なんと不運なことかスピード違反で公安局の白バイ（青い色の車）に捕まり、運転手ともどもこんこんと説教を受けました。この時、私は公安の担当者の説明も、提示された交通事故の現場の写真などなど、よく理解しました。そして事故の現場写真なども十二分に納得し強く反省の意を示しました。「今日は申し訳ないが大事な要件があるので急ぎ広州に戻りたい」と強調してご容赦を求めました。それで公安の担当官は、我が運転手に免許証を投げ返してきて、無罪放免となりました。やれやれと喜んで帰りましたが、翌朝からこの運転手は姿を消しました。

以上、いずれも我が輩の強硬な態度が、悪い方へ作用したものと反省しております。これらの実例からも、社会主義の国での問題の解決の仕方など我が国とは異なった一面を見たような気がしました。

【コラム】北京のグルメめぐり　一九六〇～八〇年

①全聚徳　前門外の本店、王府井などに支店あり。北京ダック専門店。棗の樹を焼いてダックを丸焼きにします。前菜から最後まですべてダック一本。

＊中国側の接待時によく利用されます。最低@R100が必要。

②豊澤園　山東料理の名店の一つ。①に対しその返礼によく利用しました。北京料理は元々ないので、山東料理を通常「北京菜」と呼びます。フルコースの中華料理ではこれが一番正解かもしれません。ふかひれスープから、山東独特の料理の一つ・野菜で肉料理を包んで食べる料理など、特殊なものも出てきます。

③仿膳　北海公園内の宮廷料理。点心類が豊富で高級感あり。コンスの連中は高く評価していました。一人あたり百元が相場でした。

④晋陽飯荘　山西料理で北京では有名。特に煮えたぎった湯釜の前で、麺を包丁で削ってお湯の中に放り込み、そしてあんかけ風のおつゆをかけて食べます。意外に美味しい。刀削麺と呼びます。また、非常に強い酒の「五糧液」が有名で料理に付いて出てきます。

⑤四川飯荘　長安街の南側に入った一角で広い屋敷の中にあり、四川料理が美味。辛い肉料理や唐辛子スープでのしゃぶしゃぶも美味しい。

⑥**烤肉季**　北海公園裏手の山の中にある「ジンギスカン鍋」の店。どんぶりに一杯羊肉や野菜を入れて小麦粉で混ぜ合わせ、直径一・二メートルの大きな丸釜に入れます。薪を豪快に燃やして、それを大きな太い鉄の格子のような網に乗せて、焼いて食べます。その鍋竈に足台がグルッと囲っていてこれに片足を掛けて、肉を取り、焼いて食べます。

⑦**東来順**　王府井の東風市場にありました。羊しゃぶしゃぶで有名な店。前述の土肥駒次郎氏に一番最初にお連れいただいた店。広州の回民（イスラム教）飯店とは、異なる雰囲気で「上品な、高級な店」として大いに気に入りました。

＊北京飯店の旧館六階にも「しゃぶしゃぶ」の店がありました。

＊一九八九年に北京の西に「西来順」という羊のしゃぶしゃぶ店があることを知りました。

一九六〇年代、唯一の日本料理屋が王府井の東風市場にありました。畳の部屋に、掘りゴタツに、すき焼き、天婦羅、すずき・鱸の刺身（いつまでも冷凍のまま、なかなか溶けない）。しかし久方振りの我が輩には美味しかった。そしてコンスからの帰り、昼ご飯に天婦羅そばを食べに行ったものでした。是贅沢至極也。この店のことを「和風」と呼んでいました。

その後、北京飯店に「京樽」、民族飯店に「魚国」、新僑飯店にはラーメン屋「すし家」ができました。

第二章　地獄から天国へ　いよいよ香港駐在生活へ（一九七六〜八二年春）

一　大陸（北京）とまるで違う香港の街

まず雰囲気がころっと違う。単純明解、香港に着いた途端に「好きな香港」「嫌いな中国共産党」となりました。

初めて香港に着いた時の印象と言えば、街中は独特の臭いで「日本ならどこに行っても嗅げない臭い」がありました。表現の仕様がない、口で言えない特殊な臭いがあり、また街も夜でしたので薄汚い雰囲気が漂っていました。では、なぜそんな香港が好きになったのか?

結論から言えば、香港に対する第一印象は悪かったのです。とにかく臭かったのです。生来臭いが判別できないというのに大矛盾です。つまり、直接的に鼻が原因じゃなくて、中国共産党が嫌いだったということなのです。中国人でも、いい人は日本人より好きですし、いやな人はこれまた相手にしないようにしています。これも我が輩の本性が出ているのです。

話は脱線しますが、この鼻にまつわる「我が鼻ものがたり」を聞いてください。小学生低学年の頃のことです。シャツの大きめのボタンを鼻に詰めて遊んでいて取り出せなくなり、難儀したことがありました。また、嫌いな水泳の時鼻腔内にプールの水が入って出しきれなかったことなどで鼻の調子が悪くなり、中学生後半から高校生の頃に医者に見せたところ、これが深刻な蓄膿症との診断でした。高校生三年の時に大阪の淀屋橋にあった執行耳鼻科という耳鼻科に行くと、鼻孔が曲がっているとの診断で鼻孔の調整の手術を行いました。ところが結果あまり効果が出ず、高卒後の一年目、ちょうど浪人の予備校一年生でしたが、貴重な時間に「鼻が悪いと頭も悪くなる」との話から手術をすることになり、二週間入院して左右両方とも手術しました。その片方に詰めたガーゼがなんと七枚。このガーゼの大きさは、幅二・五センチ、長さ一七～一八センチで相当にデカかったことを覚えています。しかもそうとうにシビアな手術だったようです。病院は、南海電車高野線の北野田駅から一五〇〇メートルぐらい離れたロータリーを超えた角にあった「磯野耳鼻咽喉科」でした。ここの磯野医院長は相当の高齢で七十歳近かったと思います。

この鼻手術に更に追加話。我が実弟も両耳とも中耳炎がひどく両耳の手術となり、同時に同じ病院に入り、同じような手術をしました。二人の兄弟が手術ということで我が家は大変でした。特に母親が「術後の世話役」でご苦労なことだったと思います。

手術後の通院が必要なため、北野田駅から徒歩五分のところの「松井家」の離れに下宿することになりました。世話役として母も一緒に来てくれ、ここから自分の勤め先である河南町の中村小学校まで片道で一時間半以上かけて一〜二カ月間も通ってくれました。本当に母には大変苦労をかけたものです。今頃計算しても「なんの突っ張り」「何の足しにもならない」ですが。母には本当に世話になったと思います。

この時の忘れられない「母の褒め言葉」があります。ちょうど右の磯野耳鼻咽喉科に入院している際に、予備校の友達だったか数人が見舞いに来てくれました。その時、母はこの息子を恥ずかしいほどに褒めあげて友達に話をするので、自分は穴にでも入りたい思いでした。かかることもあらんかと思う可憐な子供心かな！　というのは我が母が仕事勤務で留守中の寂しさをこらえた日頃を思い出して、この母心が嬉しくて暫し涙が止まらなかったことをよく記憶しています。実に六十年も経った今尚、切実に思います。母とはそのすぐあとで死別となったのですから、あまりに悲劇的なドラマのようでした。だいぶ蛇足になりましたがご理解ください。

そして、つぎの項を読んでもらうと中国嫌いがご理解頂けるかと思います。

二　いよいよ中国嫌いに

当時中国に行くためには香港を経由せねばならず、往復で二度香港を通ります。交易会後の香港への出境は格別です。即ち、鉄橋を渡り香港に足を踏み入れると、すべてが新鮮で、何もかも美味くてまたキレイに見えたのです。香港には綺麗な女性はいなかったように思います。当時南方にはあまり別嬪さんはいないと言われていました。実際に見当たらなかったですが。

もしも、いたらとびきりの上等品で「手が出せない」ほどだったでしょう。ですから、深圳で鉄道を乗り換えるとまず列車内でウィスキーミニボトルと氷を買って水割りで乾杯です。同席の見知らぬヨーロッパの客人同志も「乾杯」です。それほどに「解放感」が満喫できました。宇宙最高の喜びです。この味は、体験したことのない人には理解できないでしょう。

また一方で、誰かにずっと見張られているような大陸を半年振りで離れるのですから当然「やった！」、「ええやん！」です。地獄より戻りし我が身、今宵こそ！の気持ちです。

半年の中国漬けで頭空っぽ・気持ちフヌケになったこんな時に、香港では、〝置き引き〟や〝スリ〟が活躍します。大体、ちょっと太めでお人よしタイプがよく狙われます。我が輩は遭遇しませんでしたが、同僚や我が客筋でいくらも被害を受けた例があります。横断歩道で信号待ちをしていて、いざ渡ると言う時にいきなり真後ろの人がお尻にくっついてくる時が「危ない」ようです。三人組ぐらいのグループにやられるのです。みごとにスリ成功です。

三　香港での生活

夜は尖東《チムトン》にある帝国酒店（Imperial Hotel）の最上階八階「東京レストラン」で野村貿易香港店の人を交えて、刺身とざるそばで乾杯です。まさに地獄から天国に帰ったようでした。夜はほどほどに飲んで、ナイトクラブで軽く発散して半年の苦労を労うのが常套手段でした。これはなにびとも多少の個人差はあっても、みんな同じ快感を味わっているのではないでしょうか。尖東にあるトップレス・バー（上半身裸の金髪美女が酒をついでくれる）に入り、一句。

「しばしの間　珍しい景色　見つめる目に　芯のほてりかな」

そのほか文化習慣においても香港と中国、両者には相当な開きがありました。これもacceptable for me でした。

香港の日常的公用語は英語と広東語の両用で、新聞やＴＶニュースなどではこの二つの言葉が使われています。したがって、我が輩も英語か広東語が分かればよい訳です。しかし、場所は香港と言えども、主な仕事は特に中国本土との関連が強い部門との商売でしたので、北京語が主であり英語は従とも言えないほどにほんの少々使うのみでした。仕事の仕方や習慣は、正直中国本土とあまり差がなかったと思います。

また、香港での中国の出先機関では、街では通常広東語が主力であるのに、ここでは逆に北京語を話す人達を多く雇用していました。当時は数は少ないけれど、大陸系の北京語が習得できる学校卒者を優遇して採用していました。ところが、これが十数年経つと様相がころっと変わり、英語力が学生の間で落ちてきて英語のできる人材が減ってしまいました。二回目の香港駐在時、即ち一九九四年から一九九八年の時期、現地要員採用時に気付かされました。なるほど初回の駐在から十数年の時間が経過しているとはいえ急変です。

特に香港のような「中間帯」あるいは「クッション地帯」では、このように急変することは常識となってきます。北京語を喋る人が増え、英語を達者に喋る人が少なくなっていきました。それほど環境の変化で、周りの人間模様まで変わるのです。英語と北京語ができれば香港でも一番重用されるというのが普通の状態となりました。

香港人の考え方も、時代とともに変化していきます。例えば一九六〇〜七〇年代の香港人の富裕な家庭では子弟をイギリスかアメリカ、中間階級はオーストラリアへ留学させることが多かったようでした。

しかし、一九八〇年代後半頃から香港が中国に返還されるという現実が迫ってくると、香港での生活に不安を覚え始め、種々考慮して、カナダへ移民する人が増えていきました。大陸の一部、特に広東省でもカナダへの移民が増えていきました。カナダの二〇〜三〇%が中国人と言われるように、急に中国人が増え出したのもこの時期です。そして実際に香港が中国に返還されると、即ち一九九八年以降、香港の実情にあまり変化がないと見ると、一部の人たちは香港に再度戻ってくる現象もありました。

当時我が社の香港事務所はセントラル（中環）の連邦大厦二十一階にあり、小生は一階下の旭化成事務所に勤める小姐（お嬢さん）に週二回広東語を習っていましたが、発音が難しく長続きせずに辞めてしまいました。

とはいえ、長い駐在の間に日常語ならば何とか喋れるようになりました。初回の駐在だけで六年近くおりましたので、広東語（特に女性の高い声）を聞くのが楽しくなってきました。特に「汚い言葉」が好きになり、喧嘩などでよく使う言葉ほど覚えが早く困ったものでした。

このようなことで、後々になって中国語の先生から「片本さんの北京語には広東訛りがあります」と言われることになりました。おそらくこれは小生の話す北京語全体のイントネーションが広東語風だったのだろうと推測しています。

四　その他香港の様々な習慣

結婚式

取引先から招待を受けて時折参加しましたが、「御祝儀」を持参して時間通りに到着すると、会場は集まった親戚・友人たちがまずマージャンやカードなどをやっており、六時開始ならば、八時半頃までは食事になりません。これを事前に知っておれば八時頃に会場に着けばよかったのに！　会場は、日頃よく利用する料理屋の大広間を使うことが多いようです。

葬式

葬式の場合、結婚式とは違い、時間通りに行き「香典」を渡しお悔やみを伝えます。葬儀場には大抵「葬儀会館」の看板があります。昔は香港島からトンネルを抜けて啓徳空港へ向かう途中に一軒ありました。あと一軒、香港島の北角にありました。この二軒とも行ったことがありました。お香典の返しには一ドル硬貨が一枚入っています。こんな悲しいことは一度きり、という謂れで一枚入れるのだそうです。香典も一〇一ドルなど必ず一ドルを入れます。

冠婚葬祭は、人間社会において「付き合い」の基本ですから知っておくに越したことはなしです。なお、大陸では葬式はオープンではありませんから、普通出席するチャンスはありませんが、初の北京駐在時に知り合った外国人専門家の土肥氏が北京で病死された際に、未亡人の種子女史が呼んでくださり、特別に八宝山にお参りに伺いました。中国を代表して中日友好協会会長の孫平化氏が来られていました。

五　初回香港駐在時・交遊録

船舶関係：

①招商局　総経理　金石氏

背が高く貫禄あり。最高位の人ゆえよほどの時しか会えません。

②同前　袁氏

過去、船乗りだったかのような現場育ちで精悍な男。

③副総経理　陳広輪氏（COSCO　広東出身）
付き合いやすい方と感じられました。しばしば会うことができました。
④実務関係
副総経理　方強工氏
上海人。二枚目で風格あり。気性激しそうですが、意外と人情派。船舶商談のキーマンで重要時しか会えません。
⑤海通船舶用品
副経理　朱海玉
扱い品目不一致のためか、我が社で商機はありませんでした。朱氏、耿全経理共に劉さんとの関係は良かったようです。よく面接しましたが、チャンスがなく、唯一小浜繊維の船用ポリプロプレンロープのトライアルオーダーを受けたのみ。
⑥友聯修理廠　初代総経理　陳松氏
陳文氏
王炎氏
船舶技術師責任者　譚務本氏
Ｆ／Ｄ建造時以来、友聯一号および二号の実業初代功労者。筆者の最善親友の一人。
供給部　経理　李裕華氏（上海人）

ピェンベン（片本）と呼び捨てにされていました。親しみのある人でした。

麦氏　広東名　マック氏

⑦友聯　Floating Dock　日本駐在代表　工場長　呉竹生氏　武漢出身

真面目で気一本な性格。

⑧友聯（広東 COSCO）日本駐在　馮氏

Ｆ／Ｄ白雲山号の名付け親。広東人、習字上手。「白雲山」に自筆で Dock 名を書いた人。

COSCO：

①広東　科長　卓東明氏

Ｆ／Ｄ　白雲山号が漂流した時にお世話になった。その後、COSCO 北京の総経理にまで昇進された（一九九〇年代）。頭髪は五分刈りで精悍な容姿。好感度が高く尊敬していた人物。

海難救助打労コンス：

①経理　傅寧氏

エリートで感性の豊かな人。育ちが良い。フローティング・クレーン（二五〇〇トン）の契約時及び日本製造時の総監督。風格のある大型人物。後に外交部の対華僑関係の責任者となられた。今なお会いたい人物。

②打労コンス嘱託・招商局所属　劉忠氏（上海人）
右記のフローティング・クレーン契約時及び建造時も参画した。素早い頭の回転と器用さをもつ（香港在住半年で広東語をペラペラ話せた・勘の良い人）。大型クレーン商談時に、状況判断や情報取得のため北京からの帰りの汽車を香港駅で斎藤（素）氏と「張り込んだ」こともあった（商談最終詰めの段階）。（ちょっと「刑事ごっこ」をやっている如き感覚でした）
③打労コンス　契約時の通訳女性　王一平（王益苹）女史
④打労コンス（広東出身）招商局駐在　钟氏
野村広州に李海玲さんが入所した時の推薦人。
⑤打労コンス　顧問　李忠氏
野村広州及び東京で勤務した李さんの父親。元朝鮮戦争時の名誉軍人。
＊以上、招商局ほか大陸関係の方たちはみんな同じく「本国の形式を重んじる雰囲気を自然とお持ちで（本人たちは気付いていないかも）並べて常に緊張しているような堅い感じがする」のが一般的と見られます。

英輝船舶修理廠　エンジニア　Ms.John Szeto　司徒正氏
その弟　Mr.Peter Szeto　司徒氏

宏徳鉄器工廠　経理　Mr.Wang

華潤コンス　紡織出身　Mr.Peng Xiaozu　彭効祖氏

北京の総コンス時に比べるとソフトな感じ。これはどこのどなたにも共通か、大体がこんな様子でした。一九七〇年代後半か交易会で帝人のT／Rテトロン・レーヨン織物が大量に売れた時のコンス担当者でした。帝人の担当者は立川氏でした。

台湾啓台紡会長　蔡永勲氏

台湾繊維業界で長老かつ名士で、特に対日では表に立つ人物でした。日本繊維輸入組合で日本の代表団が訪台した時に台湾側の総代表として挨拶されました。この時は片本も参加していました。それと、これよりしばらく前に「松木」名儀で台湾デニムを日本向けに大量に買い付けました。一部大手にも販売していました。

五豊行　油糧食品出身　韓昌徳氏

日本語がぺらぺらで、一九七〇年代初めから香港、上海、韓国で種々の出会いがあり、有縁の人と言えます。日本語が特にうまく、親しみが自然とわく人物でした。ニチロ漁業の第二次代表団で訪中時と、その後の漁船の引渡し時に上海でも大変お世話になりました。

またその数年後一九八七年頃、全く偶然に韓国のソウルの街で出くわした時はサプライズを超えてました。不思議と「有縁」な人間だと再確認できました。我が輩は大手A社の中国縫製用の素材を韓国に買い付けのためA社の専務、部長と共にソウルに来ており、韓氏は中国遼寧省の代表でソウルに見えていたと推測しました。

六　その他香港での交流と友人関係

IHIホンコン駐在員事務所（Central Bldg）

水谷所長、平尾氏、舘氏らと仕事での付き合いはもちろんですが、IHI本社からの出張者では船舶関係での交流があった関光雄氏、海洋部重機の前述の斎藤（素）氏などが来港時には、大いにマージャンのお付き合いをしたものでした。

マージャンでの交流・友人

①東方運輸社長の山川氏や吉沢氏

山川氏は小山海運退社後、独立して東方運輸を設立し、香港での海貨業者として活躍されました。後に広州に駐在した時に香港から広州への小麦粉のはしけ（バージ）での輸送などでお世話になりました。

第一次及び第二次香港駐在時、共に山川氏には随分マージャンにお付き合い願いました。場所はいつもセントラルの石板街の山王飯店でした。

②三共生興香港の小原一馬氏

大阪外国語大学のインドパキスタン語の先輩で、仕事上はほとんど関係なかったのですが、第一次駐在時にはマージャンによくお付き合い願いました。

③第二次香港駐在時には現地の職員たちとの交流を図るために、我がマンションにローカル職員五、六人を呼び、日本人スタッフも交えて、すき焼きパーティとマージャン大会を時々開きました。年に一度ぐらいだから、せめて美味しい肉をと大丸で一〇〇グラム香港ドルで一〇〇〇ドルの鹿児島黒毛和牛を奮発したものでした。

マージャンは広東スタイルで、なかなか日本人には馴染めませんが、これはあくまでお付き合いの域内でした。

【コラム】香港グルメだより

一九七〇年代から八〇年代中頃を中心に、よく利用した店。一部は今現在も利用していま
す。この期間は、家族帯同で香港長期駐在という初めて恵まれた環境が整いました。この時
に食した、これが本場の中華料理と自慢できる店を挙げてみます。

①四川楼　湾仔《ワンチャイ》から銅羅湾（コーズウェイベイ）に向かう駱克道（ロックハート・ロード）に
あった四川料理の老舗。二〇〇一年に閉店しましたが、現在は「四川楼麺館」と名を変えて、
カジュアルに生まれ変わりました。

当時（一九六〇年代から閉店まで）の店の特長は「安くて美味い」。利用度と店での「顔利き
はどこの誰にも負けない」と自信がありました。私らが当初利用し出した一九七〇年代前半
頃は、ヨーロッパ系の外国人客たちが多く訪れていました。ヨーロッパ、特に英国人たちは、
経済的に細かくて、安くて美味しい店をよく見究めていたと言えると思います。したがって
私の判断も正しかったと考えています。

注文する料理のメニューは、いつも大体決まっていて①白雲切肉（豚ロース肉薄切りの冷
菜）②蟻の樹上り（春雨にミンチ肉の唐辛子味振りかけ）③鳩の燻製焼き　④エビチリソース

（生玉ねぎをスライスしたものを熱い鉄板に敷きその上にエビチリを乗せたもの）⑤陳皮牛肉　⑥油菜のオイスターソース炒め　⑦酢豚　そして最後に決まって坦坦麵（小さめのお椀で、辛味は並・中辛・最辛とある）をそれぞれの好みに合わせて、量も好き好きにしました。二杯食べる人がいつも多く、中には三杯もお代わりする人がいました。

一番の贔屓のこの「四川楼」には、会社内の内輪での飲み会や、あまり気を使わない客先の時など、いつもブランデーFOVの瓶（長頸牌というフランス産ブランデー）を一本持ち込み、よく通ったものです。当時FOV一本約四百香港ドルでした（当時レート一香港ドル＝三十～四十円）。

②**老正興**　上海料理の店。銅羅湾の利舞台（リーガーデン）の近くと、中環（セントラル）の皇后大道（クイーンズロード）の近くと、二カ所ありました。上海料理は香港でも多く、日本人の場合だと「一人飯」も結構に多いので皿うどんや、焼きそば、汁そばなど、一人でも適当に食べられるので、重宝されます。秋から冬にかけて、上海蟹が有名です。日本人はマージャン好きなので、マージャンと食事を兼ねてよく利用したものです。特に土日曜日には、自宅の場所の関係で、銅羅湾の店が近く、よく行きました。土日の午後からマージャンを始めて、食事を上海料理でというパターンが多かったと思います。上海料理が日本人の好みに一番合っていたと思われます。

③**鏞記**《ヨンケイ》　広東料理の店。中環（セントラル）の威霊頓街（ウエリントン・ストリート）にあるガ

チョウの丸焼きで有名な店。この一品料理で「新しいビル」を建て替えたというぐらい儲けたそうです。このガチョウの丸焼き以外にも伊勢エビ、アワビなど高級品が主体で、本当の金持ち連中が行ったそうで、我が輩らは、ＶＩＰの客のアテンドでしか行けませんでした。また東京の超セレブなドクター夫人が仲間たちと香港に遊びに来た時、彼女らをここに案内しました。役得でした。

④金興潮州飯店 西環近くにある潮州料理の店です。フカヒレ丸煮のスープで有名で、まずこれを味わって料理が始まります。その他は鶏か家鴨の脚（爪子）の特殊煮つけ、各種海鮮のごった煮、それに珍しいのが、砂糖をまぶした炒麵です。これが割と潮州料理に合い、口に合いました。特に潮州料理のしつこい味の後にはさっぱりと食べられました。潮州料理の店はあと数軒できましたが、いつもすぐに変わってしまい、名前もしょっちゅう変わっていました。一九八〇年代に「佳里那」というチェーン店ができました。味はばっちり。正解でした。

⑤金冠酒楼 尖東《チムトン》（ネイザンロードの東側）にありました。一九九〇年代にはもうなくなっていました。名物料理は「仏跳墻」（坊さんが塀を乗り越えて食べに来たという意味）で、大きなアワビ丸ごとや、伊勢えびほか新鮮な海鮮料理などが、大きな土鍋に入った料理で、ひと鍋が一万香港ドルほどしていました。これぞ当時「一番の贅沢料理」だったと思います。本店は香港から姿を消しました。外国に移転したようです。

⑥新同楽魚翅酒家　アワビとフカヒレが専門の料理屋。昔は跑馬地（ハッピーバレー）を下ってきた左側の、帆船酒店というホテルのすぐ隣にありました。そして支店が尖東・香港ホテルの裏側の通りにありました。現在は九龍側のネイザンロード沿い・ミラマーショッピングセンターの四階にあります。ミシュラン三つ☆を獲得した名店。

⑦蓮香楼　飲茶で有名な老舗。上環から中環に少し戻った辺りにあります。二〇一〇年から二〇一二年に行きました。「蓮香居」「蓮香老餅家」という支店もあります。典型的な飲茶《ヤムチャ》の店で、朝六時から営業。周囲は乾物店や食品ほかの問屋街が多く、この辺の従業員たちが早めに来て、これらの店の経営者（老板）らは十時頃やってきます。レトロな雰囲気といい、いまだに使っている料理を運ぶ手押し車といい、懐古ファンには本当に懐かしい、楽しい雰囲気に浸れます。中国本土の広州店は開業百年、香港に開店して八〇年という老舗中の老舗です。

＊既述の香港老友の周才元氏の案内で、それ以降も数回行きました。

⑧竹園海鮮飯店　香港では古くから有名であり、かつ日本人にもよく知られている店です。よく行ったのは一九七〇～八〇年代は跑馬地（ハッピーバレー）の店で、伊勢エビ、シャコなどがおいしく有名でした。一九九〇年以降は尖沙咀《チムサーチョイ》の漢口道店によく行きました。地下にあり、いつもよく流行っていました。最近では二〇一一年に昔の野村香港の職員たちと会食しました。シャコの唐揚げのニンニク唐辛子掛けが、一番のおすすめです。

⑨鯉魚門《レイユームン》　これは地名です。香港島の北角のフェリー乗り場から対岸まで行き、さらに小型ボートで行ったところにあります。ずらりと並んだ生きた魚類を売っている店で好きな海鮮を選び、レストランに持ち込み、好きなように料理してもらいます。そして好きに食べて飲んで、二〇〇％エンジョイできます。レストランは二十数件ほどあります。好きなところを選び、料理方法を伝えて後は食べるだけです。しかし私が行った当時（一九七〇年代初め頃）は日本人は誰もいませんでした。皆知らなかったのです。劉副支店長のおかげで本物の海鮮を堪能できました。生きたエビを蒸して辛い醤油で食べる料理（白煮蝦）が最高。日本では食べられません。

一九八〇年代になると、香港島と九龍がトンネルで繋がったため、香港島からもタクシーで鯉魚門に行けるようになり、大幅便利になりましたが、代わりに一気に客が増えました。日本人には、伊勢エビの刺身とそのガラで味噌汁をたいたものが定番でした。あとは前述の白煮蝦と、シャコのから揚げ、石班魚の醤油味の蒸し魚などが美味しい。

その後、九龍西海岸通りを中心に海辺にホテルができたこともあり、鯉魚門と同じような店が増えました。なぜかこの一帯は黄金海岸（Gold Coast）と名づけられました。九龍半島東側の西貢《サイクン》辺りにも新しい海鮮レストランができました。九龍鉄道の沙田駅からタクシーで十五分ぐらいで着きます。小生は二〇一一年に行きました。海岸べりでムードの良い場所でした。

⑩南北楼　銅羅湾の利舞台（リーガーデン）方面で、古くからある小ぢんまりした店です。日本人に有名で名士もよく行くそうです。小生は前述の「四川楼」が専門の店でしたが、たまにはこちらにも行きました。直近では二〇一一年に昔の老友たちと会食した際に、政治評論家の中谷氏や民主党の海江田氏などを見かけました。四川料理の「おいしい」店です。

⑪豪華楼　銅羅湾の電車道沿いにあった北京料理の店で、赤い絨毯敷の良い感じの店でした。北京ダックをはじめ、冬場では羊・牛のしゃぶしゃぶ（火鍋）も有名でした。後にこの一角は再開発のため、この店もなくなってしまいました。

その他、よく通っていた店をいくつかご紹介します。

⑫松竹楼　北京料理の店。跑馬地（ハッピーバレー）の入口・利舞台（リーガーデン）の外れにあり、よく日本人客が通っていました。ここの北京ダックが美味くて安かったです。

⑬魚翅城酒家　フカヒレ専門店。野村香港と取引があった昆老板（コン社長）が二〇〇〇年に突入した頃に開いたフカヒレスープが自慢の専門店です。二〇〇三年には銅羅湾の時代廣場（タイムズ・スクエア）に二号店を開店。一号店は香港の三番目の海底トンネルを香港から九龍側に抜けたところの Olympic City にオープンしました。昆社長には割と可愛がってもらった方で、二回目の香港駐在時に湾仔にある「福臨門酒家」で、きれいに切りそろえた最

高級の長いフカヒレの、姿煮とは違う「スープ」をご馳走になりました。この時には「昆さん自身で店を持つ計画はできていた」と、あとで思い出しました。

任期明けて帰国時に、昆社長から「気仙沼のフカヒレ」の最高級品を引き合いで貰いましたが、帰国後気仙沼に当たったところ全部の業者が香港向けはモノポリで、他社に決まっているとのことでした。二〇〇四年に「カタヤン会」（後述）のメンバーでここを訪ねましたが、昆社長は不在でした。

⑭国泰酒楼　国泰酒店（キャセイホテル）の隣の二階にあった広東料理の店。比較的有名でした。デザートで食べたライチ（茘枝）とロンガン（竜眼）をよく記憶しています。

日本料理、その他のアジア料理についても記述しておきましょう。

銅羅湾のショッピングモール・利舞台一階にあった高級料亭「金田中」が有名で、その隣に鉄板焼きの「岡半」がありました。九龍（カオルーン）のミラマーホテルにも「金田中」がありましたが、その後銅羅湾のパークレーンホテルの最上階に移り、あとは十合そごうデパートビルに移り、あとは香港から撤退しました。代わりに「なだ万」がシャングリラホテル（尖東）にできました。

ごく最近では、日本料理も香港で好まれ、同様に日本酒や焼酎も好評でどんどん売れているようです。長年の関係者の地道な努力でここまで広がったと聞きました。引き続き応援したいと思います。

また韓国料理屋も以前から多くできていて、古くは九龍・尖沙咀で「梨花園」などが有名でした。当時湾仔によく行った焼き肉店があり、生肉を食べ、韓国焼酎を飲んだことを思い出します。

そのほかでは、タイ料理やベトナム料理なども香港に進出してきているようです。日本の回転ずしも二〇〇〇年頃は相当に店舗も増え、客も多かったようですが、今はそれほど繁盛していないようです。

ＨＫ綿益発展コンス周才元氏ファミリー
（2017年２月６日，東大寺）

第三章　船舶関連業務に集中　一九七〇年代後半から

一　劉鑑明氏との出会い

一九七〇年代後半からの中国の動きをチェックするために、片本は香港支店勤務への一歩を踏み出すことになりました。最初は中国側の動きそのものをチェックする策もなく、やみくもにサウンドするだけでした。その頃野村香港支店では、中国山東省出身の劉鑑明氏が支店次長として、中国とのあらゆる関係先との接触と交渉を行っていました。この劉さんと一緒に仕事をすることになりました。そして一番最初にコンタクトした先が、茘枝角道に位置する友聯機器修理廠という小さな造船所でした。ここをとっかかりにして中国の交通部（船舶関連）の、香港の出先である招商局という機構に出くわすわけです。つまりようやく「秘密の扉」に辿りついたのでした。

そして、我が社の船舶取引の進展と共に、我が輩の香港出張も最初は「半年をめどにして」との指令だったにもかかわらず、仕事の思わぬ急展開の伸長とともに、我が輩の扱いも出張から駐在へと切り替わりました。かかる次第で、それまでは五カ月間が日本滞在、七カ月が中国滞在という所謂「和歌の生活」だったのが、香港に駐在することになり、我が輩は家族と初めて一緒に住めるようになりました。

時あたかも四月で長女が小学入学という時期であり、急遽香港の日本人学校へ入学手続きを取りました。

住まいを探す時間もなく、しばらくはホテル住まいということで、銅羅湾（コーズウェイベイ）の国泰酒店（キャセイホテル）のツイン・ルームに親子四人で住むようになりました。一カ月後には住居も、当時の日本人学校に近い大坑道一一五号の瑞士花園（Swiss Tower）に決めました。

ここにその後丸五年も住むことになろうとは、想定外のことでした。

劉鑑明氏は一九一九年中国山東省煙台の芝罘（Chifu）生まれで、一九五〇～六〇年頃香港に出てこられたようです。

当時大陸に妻と子供がおられ、そして香港でも結婚して小さい男の子がいました。小生は香港の奥さんと子供には面識があり、時々彼のミッドレベルにある高級マンションに遊びに行きました。彼には仕事面ではすべてにわたってご教授いただき、特に中国人との接待方法や接触の仕方を細かいことまで教えてもらった……というよりも、真似をしたものでした。中国関係の業務や取引の発展には彼の尽力は大きかったと思います。

生活面においてもお世話になりました。我が子供が「おたふくかぜ」にかかった時に、漢方薬を教えてもらい、漢方医の調合した薬材料（木の枝や根っこ）を土鍋で煎じて飲ませたりもしました。子供二人ともそのようにしました。また自分が病気になった時にもお医者様まで紹介してもらいました。

また、中華料理店をたくさん紹介してもらい、そして料理の注文の仕方も彼に教わりました。その結果、日本人には珍しく「中華料理のオーダー名手」になりました。これは我が輩の特技の一つになりました。

そして、二回目の駐在時には劉氏はすでに野村を退職されており、何回かお会いしましたが、その後は連絡を取っておらず音沙汰がありません。

二　船舶関連の仕事最初の快挙は浮ドック[*1]

斎藤泰弘氏と呉竹生氏

既述の「招商局」との極秘裏の交渉が続き、香港と日本を舞台とし、造船所はこれ以降実に長く強い繋がりで、ＩＨＩ・石川島播磨重工業とのお付き合いが始まりました（ＩＨＩはIshikawajima-Harima Heavy Industries Company の頭文字）。窓口は斎藤素弘氏で、今なお小生と交際が続いています。そしてその上司が根本広太郎常務でした。野村の東京担当は加藤徳男氏で、その上司は岩室清常務でした。契約調印などの晴れがましい舞台が好きな方でした。二回目の駐在時にSentimental Journeyと銘打って香港にも見えられ、本人の希望で「四川楼」にて常務ご夫妻と同姉ご夫妻で楽しく会食しました。当時肝臓癌を患われており、最後のセンチメンタルジャーニーでした。ご冥福を祈ります。

中国側の担当は、友聯機器からは当時の工場長だった呉竹生氏でした。そして日本での建造中も、中国側からこの呉さんと、広東コスコCOSCO[*2]の馮氏ら、そして友聯から船舶技術師の譚務本氏を加えた五～六人が長い間日本の知多工場に滞在しました。本当にご苦労さまでしたと言いたいです。野村側の現場アテンダントは、初期時、故柳川隆氏と橋本修治氏らでした。

＊1：浮ドックとは、二万トンから三万トンの大型貨物船やタンカーなどの大型船を修理するための施設。浮力をつけた設備室を持った鉄鋼製の大きな箱型のものを、修理船の下に沈ませた後、この鉄の大きな箱（前後は透かしている）を浮力を生かして水面上まで浮かせて、修理しやすくします。これは当時の中国では「先進的技術設備」の導入でした。

＊2：コスコCOSCOは中国遠洋運輸コンスの略字で、China Ocean Shipping Companyのこと。

本命馬と切れない黒馬の活躍

大本命の◎駿馬に追い付く前に、▲ダークホース的な馬もうまく使って当面の日銭を稼ぐのも商いの一つで、造船所と日本側のサプライヤーともに、本命筋とつながりのある香港茘枝角道の所謂造船所地域に、先述の友聯機器修理廠に続いて、英輝船舶修理廠、宏徳鉄器工場廠など五、六軒の工場がずらっと並んでいましたが、まずは友聯のすぐ隣にあった英輝船舶との関係ができました。売り込み機材は、ダックペラ（Duck-Peller）というプロペラを三六〇度レバー一本で操縦できる推進器が花型商品で、港湾などの船舶の曳航や導きに役立つ「曳き船・タグボート（Tug-Boat）」に採用されて、流行の先端を行っていました。これを小規模造船所でも取り入れ、この機材と技術さえあれば香港で造れるという基本となる商品でした。これを英輝に売り込んだところ成功して、数隻の実績を上げることができました。この日本側の供給者が株式会社ＩＨＩの子会社の石川島造船化工機でした。二機のエンジンを一つのコントローラー、即ち一本のレバーで操作できる優れ物です。このダックペラは、一本のレバーに二機のエンジンを繋いでコントロールできるコンピューターターセットを備えたものです。これはワンセットが約一億数千万円したと記憶してます。このセットを合計で四～五セットを販売しました。このエンジンメーカーはダイハツ・ディーゼル製造でした。

浮ドック一隻目の「友聯壹号」は香港地場の工場で使用される

「友聯壹号」は中国が導入した一隻目のドックでした。この技術面の責任者が先述の譚務本氏で、日本で建造中も監督官として全期間滞在し、その後は実需者の責任者として務め上げられた尊敬すべき我が兄貴のような人物でした。この仕事関係終了後も長年個人的な付き合いを続けた人物の一人でした。その功績は実に大きく、浮ドックの建造から、実際の使用面でも、自社工場のため努力し、浮ドック以外でも他の船舶の修理や改造などのスーパーバイザーとして活躍しました。また、青衣島への工場移転を行うなど、多くの重要な任務を全うした人物です。友聯退職後も、独自の海洋コンサルティング&エンジニアリングの会社を皇后大道西（クイーンズロードウエスト）に設営して香港や中国系の船舶関連の修理へのアドバイザーをされていました。

二〇〇九年の夏に彼の会社を訪れた際、その後歩いてセントラルまで出て、中腹までエスカレーターが付いた階段を登り、エスカレーター脇のとあるフィリピン人の女性がやっているカフェに入りました。そこで缶ビールを飲んで種々久しぶりに話が盛り上がったのを覚えています。その時にお互いに健康に留意して「あなた百まで、わしゃ九十九まで」と乾杯して別れたものでした。それからわずか二年後に亡くなるとは、思いもよりませんでした。

本命の浮ドックが完工・引き渡しへ

ここで二隻目の「白雲山」の引き渡し時に、思わぬ台風シーズンだったため、台湾沖を曳航中に本体と曳き船（タグボート）とを繋いでいたロープが切れるという事故が起こり、香港支店の小生が活躍する場となりました。事故発生時、広東コスコの卓東明氏から小生宛てに電話があり、「浮ドックが台湾沖でロープが切れて漂流している」と、事故の発生通知を受けたのですが、当時未成熟だった中国語で、一〇〇%対応できたのが、実に不思議でした。その後、東京方面などと上手く連絡が取れて無事に浮ドック本体が回収できたとの知らせに安堵したものでした。この卓東明課長は、その十数年後にコスコの北京総コンスの総経理にまで昇進されました。我が輩には非常に喜ばしいことでした。

三　一九六〇〜八〇年代の香港の船舶事情

既報の通り、我が輩の会社は中国一辺倒でしたが、当時の香港での船会社の状況と情報というものを、多少は入手していました。以下我が記憶にあるものを記します。

香港には、アジアでナンバー1といわれた還球船舶集団（World-Wide Shipping & Holding Co）の鮑玉剛氏がおられました。彼は寧波市に生まれ、一九三七年に上海へ。その後一九五〇年香港に来て、船会社を設立しました。一九一八〜九二年。後半の人生は、中国にも大いに貢献し、政府中央の委員にもなりました。

今一軒は台湾出身の東方海外貨櫃航運公司（The Orient Overseas Container Line）です。董浩雲氏が創立者で、その時代、前者の鮑氏と両雄と言われておりました。

その息子董建華氏は、香港が中国に返還された一九九七年七月後の香港で初代香港特別行政区長官になった人です。筆者が二度目の香港時代には我が社の事務所が二十五階で、董氏は同じビルの二十八階でした。退社時に、エレベーターホールで董氏を時々見かけたものです。

そして招商局傘下の当時香港で営業していた中国系の二つの船会社は、遠洋輪船船務有限コンス（Ocean Tramping Shipping Company）と、益豊船務企業コンス（Yick Fung Shipping & Enterprises Company）の二社で、各社数百隻ずつの船舶を保有していました。

二十世紀の最後に、中国本土のCOSCOと一緒になってCOSCO（香港）Container Corpとして上記の二社を吸収合併しました。

四　機械関係以外の業務

水産関係、繊維原料関係、ソニーのテレビ、接着剤

大正エビを取り扱っていた大手業社の専務と常務であった兄弟との付き合いもありました。兄の方は夜のお付き合いが主体で、小生のアテンドは空港への出迎えと見送りのほか、食事接待と食後のナイトクラブへの案内までしました。

弟の方は、昼間はゴルフのお付き合いが主でした。小生はゴルフは苦手ながら、当時の支店長がゴルフをしないため形式的に小生がメンバーとなっていました。ゴルフ好きな顧客の来香港時には、できるだけお付き合いするようにアテンドしていました。あとは兄と同様、食事とナイトクラブへの案内は必要でした。

弊社水産課のみなさんとは交易会で長い付き合いとなりました。初代の小高（洋）氏・笠井

氏・高星好英氏らと、その後輩で中井君が一番若く我が社宅に呼んだこともありました。

その他繊維原料関係ではカシミアの原料を取り扱った際に、劉副支店長の知り合いで天津地区から香港に出先機関があった「津聯コンス」の章さんと常にコンタクトしており、一九八〇年近くに、ようやく初契約に成功しました。

カシミアは常に競争が激しい人気商品で、入手することは至難でした。ただ一度きりの商いでしたが、藤井毛織の西岡明部長に売ったように記憶しています。西岡氏は元野村貿易の繊維原料課長でした。

その他、華遠コンスにソニー香港から定期的に仕入れて、金額は少額でしたが一四インチのテレビが定番で売れていました。

化学品の合板用の接着剤を野村ロサンゼルス支店から買って地場業者に売っていました。金額としては毎月三～四万ドルと少なかったのですが、三国間取引の一品目でした。

五　中国・日本間のビザ

取得困難だった国交回復以前の日本行きビザ

前述の浮ドックを日本で建造した時に（一九七〇年代前半頃）、中国大陸の代表が訪日して長期滞在していました。その際にいつも経験したことは、この代表H氏が香港日本領事館では「無国籍人」と見なされて簡単にはいかず、いつも香港の日本領事館でもめていたことです。というのは、このH氏は大陸内陸の出身者で、香港に来る場合は同国内ということで旅券もなく一枚の旅行証のような紙切れ一枚で出て来ていて、日本行きのビザを申請しようとしても、旅券もないため打つ手がないのです。そこで野村の本社からの「担保証書（本人の日本訪日及び日本滞在中の一切の費用を負担し、同時に本人の一切の行動に対し責任を持つとの誓約書）」を書面で発行して、これを領事館への申請書に添付して、ビザを入手するというものでした。

これを申請する際にいつも窓口で手助けしてくれたのが戴女史（上海人）でした。ちょっと姐御肌の綺麗な女性で、いつもお世話になっていました。

ついでに述べると、これがもし広東人であれば、中国の旅券を持って香港に入境しているので、そのままこの旅券で領事館でも簡単にビザが取れました。

国交のない国同志では、とんでもないいろいろな苦労があるものだと感じました。

国交回復後簡単になった日本人のビザ取得

国交回復後の一九七三年以降は、弊社の社員なら駐大阪中国総領事館でビザを申請し、比較的簡単に取得できるようになりました。また、小生もこの国交回復後の一九七三年より「数次旅券」が入手できるようになりました。

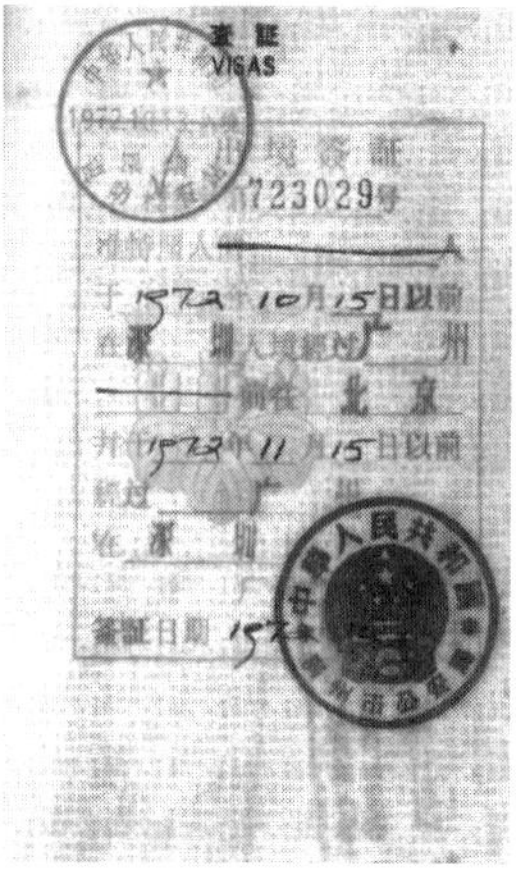

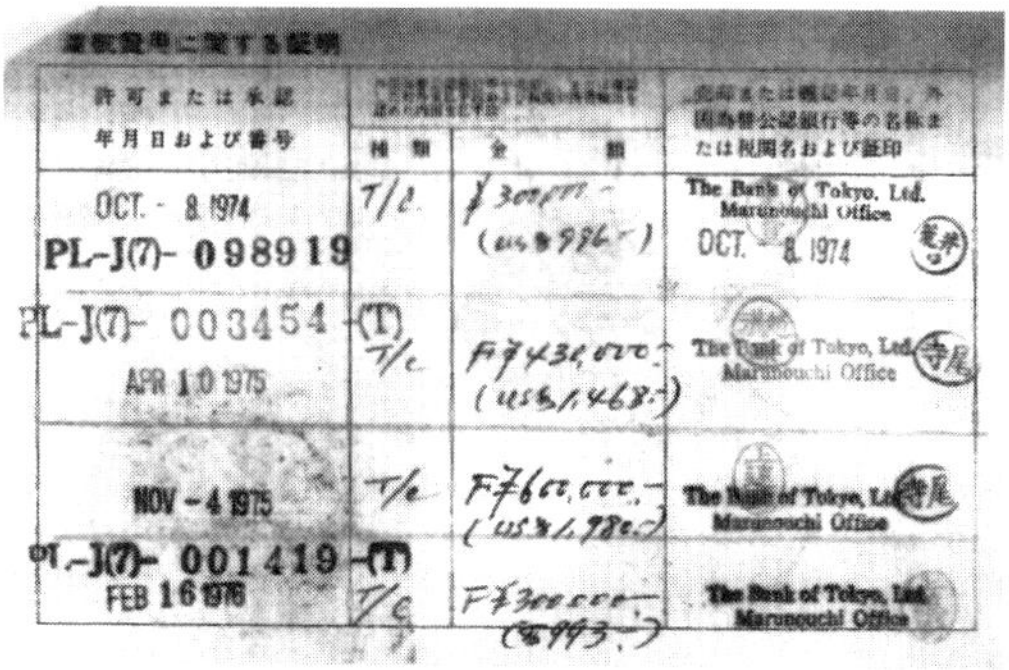

右上：1973年秋交易会のためのビザ（右側写真。1973/10/11）。中国総領事館発行。1カ月有効，上海・広州あるいは香港から入境。広州に入境時のもの。左側写真は，同上のビザ期限延長のもの

左上：ニチロ漁業ミッション訪中時のビザ

中：その延長ビザ。右側・広州での延長，左側・北京での延長

下：米ドルの日本円の換算率。1ドル＝300円前後

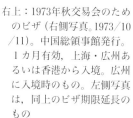

第四章　香港から帰国二年半で今度は広東省へ

一　社会主義から市場開放型経済主義へ転換する中国

中国華南地区での緊急開発についての意見具申

一九八二年春、香港駐在を終えて帰任後、会社が即時になすべき仕事として以下意見具申しました。南部中国の香港を拠点として広東地域と福建地域、所謂〝黄金の三角地帯（ゴールデン・トライアングル）〟が次の取引の大きな戦場となろうと予想し、進出すべしと。理由は、鄧小平が正式に対外開放政策を打ち出したからです。予想通り、一九八二年春から周りの日本の大手商社各社による、広東省地区への駐在員事務所の開設ラッシュが始まりました。ところが我が社は情報キャッチの動きが悪く、おまけに決断も遅々たりて、他社の動きを眺めるだけでした。

我が社の遅れを嘲笑うがごとく、他社は競って着々と進出を果たしていました。一年余の間に十数社が進出しました。この時、ちょうど我が社の「鄧小平」ことJ氏が専務でしたが、のちに社長にもなったご仁でした。我が輩が提案した相手がこのJ専務でした。J専務も　ゴールデン・トライアングルの理解者でしたので、ようやく我が意見に答えを出してくれただけでなく、我が輩に専務殿直々にご支援とご援助を下さり、華南一帯に自ら乗り出されました。この時は「大感謝」の気持ちでした。

しかし、またまた決断が遅いのに加えて人材もなく、言い出しっぺだったはずの小職に、二年半後、なんと我が輩自身に下命がおりました。前回の六年の香港駐在帰国から二年足らずで、広東省に事務所を開けと命令が下りました。直ちに事務所開設や現地人材募集にかかりました。広州には知人や旧友も居り、東方賓館旧館に二室を借りて事務所を設営し、現地要員も知人の中国海難救助打労コンスの経理の紹介で、李海玲（女性）を、そして外商人材コンスの紹介で宋林彦（男性）の二人を雇い、スタートしました。ここで一件トラブルが発生しました。それは予想していたことですが、前者の女性を雇うことは法的には問題ないこと、なぜなら海難打労コンスも人材派遣の業務許可を持っているということを知っていたので、あとで何か言われたら相手の要求を聞いて双方了解すれば良いことでしたから、東方賓館内にある外商人材コンスを通すことにして、すぐに解決しました。この彼女がなかなか優秀で仕事面で種々、後にも役立ちました。結婚して日本に行くまでの二年間良く働いてもらいました。

広州事務所は、他社に二年間遅れたことで、なかなか実績を挙げられず苦戦しましたが、過去実績があったCOSCOや招商局などの繋がりほか、新しい仕事方面に何でも利用できるものは利用して、いろいろな分野に手を広げていきました。

広州事務所開設まで

①最初の商談は見送り

まず一番はＢＯＴ（東銀広州）高橋氏紹介の信託投資コンスの温女史と、段ボールプラントの商談を始めました。本件以前に他バイヤーからもあった話なので、名古屋の磯川鉄工に繋ぎました。メーカー代表も広州まで来て相当商談が煮詰まったかに見えましたが、最後の段階でバイヤー側の外貨準備の手当てが上手くゆかずに、バイヤー側から断ってきて残念ながら見送りとなりました。

＊この磯川の紹介には、我が学友の井置氏が介在してくれたものであり、また広州市南海地区への案件だったのでぜひまとめたかったのですが、原因が今ひとつよく理解できないまま終止符を打つことになったのは誠に遺憾でした。

②広州事務所の実績第一号

日本製粉の小麦粉を三〇〇〇トン、広州に初輸出契約しました。広州赴任時に本社食糧課長の釜井氏と打ち合わせ時に半年以内に「絶対売るから」と約束してしまいました。これは全く何の根拠もない「はったり」の如き自己発奮の号令だったと言えます。しかしこれを広州に赴任後実現するために、広州市の市街地の酒・塩・たばこ類の専門店、あるいは小売店を軒並み訪ねました。これに上記の李小姐を通訳代わりに引きまわしました。理由は「小麦粉」は専売特許の食料品だから、塩・たばこ・酒類の小売店から当たるのが本筋じゃないか？との勘一筋でした。

一カ月から二カ月後に、ついに最終買い付け窓口の一軒となり得る「広州市第一軽工業庁」に辿りつき、買い手の窓口である深圳《シンセン》のコンスを訪ねて契約ができました。これに至るまでには、種々の困難がありました。即ち価格が合わず、できるだけコストを下げるため、広州COSCOまで出向き、運賃交渉もしましたが、最終的には本社側の船会社のアレンジで、香港から　はしけ（バージ）数隻を繋いで広州港（沙面）まで運ぶという戦法で戦勝しました。この時バージ輸送をやってくれたのが香港時代のマージャンのベスト朋友の山川氏でした。会社は東方運輸という日系乙仲《海運貨物取扱業者（海貨業者）の通称》でした。このデリバリー時には部下の吉沢氏が広州港まで、具体的には横浜出港の香港港着の外洋船からバージに積み替えて珠江中州まで小麦粉を運んで来てくれました。そこで久方ぶりに吉沢氏と再会しました。老朋友（古き友）との再会もまた楽しからずや！　この時は意外中の意外でした。

一つの仕事をやるのにも沢山の人の力を借りてできるものと、改めて認識しました。この時ほどに「どんな友達でも友達は友達である」いざの時に役立つことがあるとつくづく感じました。日頃なんとなく付き合う友がいざやの救世主となるのです。

◎これは商売人生で誇れる自慢話の一つです。思えるように絵が描けた秀作です。これほどにうまく行けば、どんな商売でも簡単にできるように見えますが、この時は人の付き合いと共に天（運勢）も向いていてくれたと言えましょう。

＊この成約祝いになんと日粉NIPPNの課長から「くさや」の土産が届きました。それ以来我が輩はくさやが好きになるという幸運までいただきました。

③広がった広州と福建での人脈

一方、広州は後発で苦しかったので、隣の福建に出稼ぎに行くことにして、福州入りを計画しました。この時も世話になった一人は香港時代からの付き合いで、またまた東京銀行広州の高橋氏でした。同氏とは不思議と縁があり、香港に続いて広州で二度同時期の駐在となり、ますます友好を深めると同時にお互いの信頼も強くなってきました。この好朋友の高橋達夫氏の紹介で「福建省投資企業コンス」の楊経理と知り合い、同公司との付き合いが始まりました。あと一人は香港時代からの付き合いで、「香港綿益発展コンス」の周才元氏の仲介で商売ができた「福州華僑塑料廠」の蘇永成氏です。彼の一族とは長い

上：広州事務所東方賓館1601号に移転（1984年）。新事務所と筆者
下：広州事務所のスタッフたちと

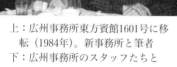

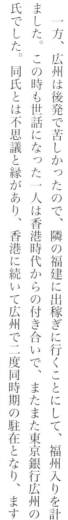

良い付き合いができました。

その一：福建省投資企業コンス（FIEC）との取引

場所は福州市の華福賓館と同じビルにあり、商談や訪問に極めて便利でした。エレベーターと階段で往き来ができるのですから。商売が増えればありがたいですが、思うに任せず、しばらくの間、実績が上がらず苦戦していました。

楊経理との最初の商談は、アクリル繊維原料 Acrylic Top の輸出販売の話でした。何度かチャンスがありましたが、値段が合わず成約に至りませんでした。

FIEC*には、福州の事務所開設時に受け入れ側の保証人になってもらいました。当時は我が社以外には、東京丸一と丸紅の二社だけが駐在員事務所を持っていました。この時の丸紅の福州駐在員が大学同期の安藤（恭）氏でした。卒業以来と言えるほどの二十数年振りの再会でした。

＊FIEC の陣容について　幹部の一人・馮副総経理は体格も風格もよく豪快な性格の持ち主でした。ただ客接待としてのコンス代表の感が強かったようです。同氏の秘書・鐘華英女史（日本語堪能）には、後の同コンスアモイ支店などでご主人らにお世話になりました。メインは、やはりブラザー工業の編み機の取引でした。ブラザーの編み機では、後述の三聯コンスに次ぐ福建で二番目の大口バイヤーでした。ブラザー本社から、編み機販売課長や編み機実演女性指導者らも福州に度々出張願いました。

その二：陳建清女史との取引

三聯企業とは兄弟牌の編み機で、その実演からその後の成約への道付け、実際の大量買い付けまで、商い拡大に多大の協力を得ました。この中心人物となったのは、陳建清女史でした。陳女史は公司の一部に実演機械を据え付けて、実際の製品展示から始めてくれて、非常に売り手としては文句のつけようのない素晴らしい対応をしてくれました。なかなかの美人で人当たりも良く、性格も言うことなしで、一級品の人物でした。彼女と「香港綿益コンス」の周才元氏とは良好な関係でした。また彼女のご主人は、軍人でした。

FIEC の主なメンバーとのご合撮。楊経理（右から二人目），鐘女史（左から二人目），黄抜翠氏（左）らと（1986年）

その三：福建医薬工業コンスとの取引

東京化学品輸出課（一九七一～七三・小生が課長代理で、若手ばかりのチームで丸二年だけ若い社員を猛特訓した若き軍曹だった）の第一製薬の抗生物質のエレメントを外国貿易コンス経由で福建医薬工業コンスに売っていました。すでに重要顧客でした。もちろん買い付け窓口は福建省化工コンスで、ここは窓口業務だけでした。商売は直接的にエンドユーザーとなる医薬工業コンスとやれば良かったのです。お互い手間が省けて助かりますが、これは福建という中央から遠く離れたところだったのでこのように処理できたと見られます。

二　自動車のトラブル二件　呆れた運転手

第一の件：広州駐在時に、大正エビの検品でスワトウ（汕頭）までタクシーで行くことになり、片道五時間で往復十余時間かかるけれど、運転手一人で大丈夫と言うもので、軽く信じて一台のトヨタクラウンをチャーターしました。行きは無事に着いて、検品後夕食を食べて帰路に着き一時間ほど経った頃に、我が相棒の東京水産課長・岡安氏が「運ちゃん、居眠りしてるで。これじゃ、やばいよ！」と言ったので見ると、なるほどちょっと怪しい〝蛇行〟をし出していました。

「どうした？　危ないがな？　睡眠不足じゃないの！」。昨晩あまり寝てないらしいことが判明し、我が輩が運ちゃんの真後ろから、首ねっこを絞めながら、ずっとつきっきりで「目覚ましの威嚇」をし続けました。我ら二人は生きた心地もせず、疲れ果てて広州に辿り着きました。

こういう時は判明時点で「一時間か、たとえ三十分でも眠らせるのが一番だった」と後からハタと思いました。

第二の件：福州からアモイへ華福賓館でトヨタクラウンの割と新しいタクシーをチャーターしました。片道四時間半から五時間かかる道を、行き道で走行一〇キロぐらいの地点で、タイヤがパンクして、スペアタイヤと交換しました。やれやれ再開以後わずか三十分ぐらいで二度目のパンクです。もはやスペアもないので、二本分共にパンクの修理を道端でやりました。三十分以上は費やしました。そして再び走行開始、するとまた三十分もしないのに、三度目のパンクです。かかる調子でついに四度目のパンクした時点で、運ちゃんに「もう！　我慢できん。貴様は好きに修理なりなんなりして帰れ！」とギブアップして目的地のアモイから別のタクシーを呼びました。結局アモイに約七時間余も使って到着しました。

　この時の事後調査で、タイヤ自体の外装の山部分が大きくひび割れており、最初から大きな欠陥持ちだったことが判明しました。ここまで乗車前にチェックはできません。没法子！（仕方がない）

三　その他福州の特徴

Disco Dance 大流行—華福賓館の Disco Dancing Girl ハラショウ！

広州や福州で大々的に Disco Dance が流行して、広州辺りは街の目立ったところや大きなホテルで Disco Dance ホールが雨後のタケノコのごとく開店していきました。White Swan や東方賓館、珠江中州に一軒、第一百貨店隣、などなど多数営業していました。
　東方賓館の花園食堂の顔なじみレイ小姐とリョン小姐二人を連れてよく行きました。特記事項は、福州の華福賓館の Disco Hall 専属のダンサーの Disco Dance のソロがとても綺麗でまた色気たっぷりで、一人のダンスで観衆をうっとりとさせた魅力は、一体何だったのでしょうか。奇妙な気分にさせるのでした。

当夜Discoに参加した男女数十名が数十分間足を止めて全員うっとりと見とれていました。言葉に表しようのない不思議な世界でした。

海蚌《ハイパン》――二枚貝の一種で田中角栄首相が北京で食べたスープ

この海蚌が福州の近辺の特産品で、福州の春梅餐館のコックの名物料理でした。ここの師傅（料理長）が、あの一九七二年九月二十九日の夜の北京人大会で料理したといいます。小生はその後も福州のこの料亭で数回食べました。これも貴重な出会いと言えるでしょう。

華南地方は強い！　ビッグな商いとビッグな投資

この商戦のトップを行ったのがほんの十数年前までは、人口わずか数千人の田舎町だった深圳でした。一九六〇年初期のことです。これが鄧小平の開放宣言後に、急進的な「世界の工場ラッシュ」が始まり、一九八〇年後半には人口がなんと数千倍の二千～三千万人に上る大々的発展を遂げ、繊維縫製工場から、電子関係、軽工業方面オモチャほか雑貨などの分野で多数の工場が開かれて、同時に内陸部から多数の労働者を呼び寄せて、大型工場や企業が雨後のタケノコ以上に、また街中心には超高層ビルも何軒もあっという間に林立しました。その後、特に広東省が他の上海や北京地区等をはるかに上回り、国民総所得・製造業生産高・外貨獲得額・外資投資額などなど、実力及び政治的実権も、中国一、トップの大都会となり同時に中心的存在となりました。

この華南地区で一九八二年以降一九九五年までの間の伸び率は超高速度で、人口・貿易投資額・進出外国企業数などなど、断トツでした。それが証拠に、我がちっぽけな商社の商いすらウナギ登りどころか、次のような歴史的な記録を創り出したのです。
①船舶売却新造・中古など特殊作業船も含めて一・二～一・三億ドルを記録しました。
②繊維機械も、兄弟牌工業ミシン数万台や、編み機数十万台など、予算額を何倍も上回りました。あまりに多く売れて、長年のブラザーの香港代理店より本社にクレームが来たそうです。一時は共同で香港及び中国の代理店となるかとの話まで出るに至りました。
③三国間取引として、中国山西省大原鉄鋼のベレットを印尼・泗水*の線鉄メーカーに貨物船一隻ごと満船ベースで、金額で一億～二億円ベースで売りました。そして大原鉄鋼の幹部を数名帯同して印尼・泗水へ案内しました。ついでにバリ島観光まで行きました。北京の陳希同市長が賄賂で逮捕のニュースが出た頃です。
＊インドネシアのスラバヤのことを印尼の泗水と言いました。
④広州や福州は南の最大のレジャーランドとなり、珠江の中州に「白天鵝賓館」White Swan Hotel が完成し、一九九六年頃に英国エリザベス二世が来華しました。ちょうどその折に商談中だった小生は、ほんの数メートルの距離で拝顔しました。なんという幸運たらんや！
また、当時酒・たばこなどで、何でも無理を聞いてくれる助っ人がおり、当時あの一番難しい

と言われた飛行機のチケットでも「いつどこ行き、何人の切符」と言えば電話一本で手配してくれました。お礼はナポレオンブランデー一本でＯＫでした。

それと外貨が「最も重宝された時期」で、客先課長からＲＭＢ（人民元）二千元を外貨兌換券に替えてくれと言われて、交換したこともありました。その課長は子供に上海製の Double Coin ブランドの自転車を買ってやると言っていました。当時優秀な製品は、国内生産品であっても外貨券でないと買えないという時代でした。我が方としては大事なお客様ですからなんとか工面をしました。

東方賓館の一階の花園餐庁（レストラン）の服務員（ウェイトレス）をしていたリョン小姐にも、たまに付き合ってもらうため四百元ぐらいいつも交換させられました。人民元の現金は我々外国人は東方賓館内なら食堂での食費代に使用できたので、まだ助かりました。たとえＲ２０００でも数カ月かけて消費しました。
＊当時、この外貨兌換券は等価の二倍以上の値打ちがあったと見られます。
⑥そうするうちに、福州にも事務所を設けることになり、両方の所長になりました。そして一名本社社員が補強されました。
⑦我が輩はゴルフが苦手でしたが、付き合い上欠かせないので、年に一、二回はやりました。また、広州でも他に遊ぶことがないので土日に一泊で四人で深圳に出かけることもありました。しかし通常の週末は大抵マージャンでした。東銀・兼江・サンヨーの社員などが仲間でした。そ

して早く終われば、珠江河沿いのWhite Swanの二階・和食屋「ひらた」の窓辺席で、大連から空輸直行の殻付きのウニをつつきながら、日本酒を升酒で飲んだものでした。この久方ぶりの「ウニ」と升酒の味は堪えられませんでした。月に一回また二回の楽しみでした。

【コラム】美味しい「広東料理」の彼方此方

①洋渓酒家　周囲が水に囲まれ広州一の名園の中で最高級の粤菜《エツ》館。規模も広州最大の超一流レストランでした。名物料理の中でも「子豚の丸焼き」が一番でした。毎交易会ごとにVIP接待の場を持つことになっていました。料金も最低で一人百元から。綺麗な湖に囲まれた中州の小高い所に建つ一軒家（六角形いや八角形）の建物で、内部には一卓に十二〜十四人座れるテーブルが設置されていました。これは特別の部屋で一般の散席（普通席）や、離れや個室など種々設備も整っていました。

②広州酒家　広東料理では一番大衆的かつ味も良く、広州の大衆に一番支持されていました。中でも「鶏肉料理」はなんでも美味かったです。ここでなら七十〜八十元で済みました。規模は大きかったです。

③北園と南園　いずれも広州料理ですが、北は普通の料理で、南はどちらかといえば、ゲテモノ料理が出てきます。したがい、（中国）北方の人が一般的に北園を好み、紡織品コンスが日本客の接待によく利用しました。（中国）南方の人はゲテモノの蛇スープやカエル程度ですが、南園を好んだようです。いずれも一人五十元が相場でした。南園は江南にありました。珠江の南側には、広州 COSCO もありました。広州賓館からは比較的に近かったようです。

④**大同酒家**　珠江沿いのビルの屋上にあり、点心類が主体で、あとは海鮮が多かったです。水産系の商社が交易会ごとによく利用していました。一人七十元程度が相場のようでした。夕涼みを兼ね珠江を見下ろせる景色も良かったです。

⑤**回民飯店**　ウイグル民族の料理屋。豚肉を食べない民族で、羊のしゃぶしゃぶが有名でした。一般的に社内の客を毎交易会ごとに二回か三回お連れしました。これはタレを九種～十種ほども混ぜて使いました。このタレが美味しくてよく食べたものです。最後にうどん（麺）を入れて終わるのが普通でした。一人当たり十元もあれば十分で、外では一番安くて手頃な店でした。

＊北京では「東来順」が有名です。

⑥**珠江川辺の海鮮料理屋**　蒸しエビ主体に　アワビ・しゃこ・石班魚醤油蒸しなど、広州独自の味の魚類中心の料理です。日本人にはぴったりの料理です

⑦**蛇王餐庁**　蛇の専門料理店。交易会参加者で蛇組はこれに参加しました。蛇苦手組は別のグループで他の海鮮料理店（船）などに行きました。

＊小生は蛇が苦手でいつも行けませんでしたが、二度目の香港・広州駐在時の最後のチャンスに、勇気を絞り出して、一九九七年秋に行きました。良い経験をしたと思っています。いきなり毒蛇の肝水を抽出して白酒に入れると「きれいな翡翠の色」になり、これを参加者各位が一杯ずつ飲みほして、蛇の料理が始まります。ステーキがうまく、スープも美味しかった

です。

⑧野味香　ゲテモノ専門店。東銀広州代表の高橋氏の招待で、同行の顧客の日本の中国銀行、広島銀行の方たちと一緒でした。小生もご馳走になりました。
特に珍しかったもの：猿の脳みそ、熊の肉、犬、鹿、山椒魚など。貴重な体験でした。

あとは、China Hotel、Garden Hotel などホテルの中華料理店に行きました。一流ホテルはどこも同じに美味しく頂けます。

そして、沙河の炒麺（名古屋のきしめん風に平たくて幅広の焼きそば）が絶品でした。交易会時にたまに行きました。

四　華南地区での主な交遊録

①広州の人物像とその人的関係について

傅蒙仁（台湾出身、日本語堪能）日本語教師ほか幾多の仕事をしていました。

その長男：傅強　Fu-qiang　野村広州にヘッド・ハントして雇用しました。

その次男：Fu-sui　三菱商事広州勤務、のちMSK本社勤務

その妻：李海玲　野村広州で創設時に雇用、その後傅強と共に野村貿易が雇うことになりました。彼女は爾後野村本社で採用することになりました。それと同時に、傅強氏を広州所長とし、中国関係の中枢人材として昇進し優遇的待遇で対処しました。彼は私生活を質朴倹約にて、個人的に資金を貯蓄して後に種々の企業に投資するまでになりました。そして、各企業の重要なポジションを得るに至ります。

＊李さんはその後、傅穂氏と離婚し日本人と再婚しました。

＊傅（兄）氏と李女史は、共に野村のために所期の任務を果たしてくれました。

李忠氏一家の写真（1986年）

②李海玲小姐の家族関係

父・李忠氏は、退職時かつ娘が野村に採用された時は、中国海難救助打労コンスの幹部でした。以前は、朝鮮戦争時に忠義ある軍人として表彰を受けていたといいます。二〇一一年秋と思いますが、李忠夫妻と李実兄夫妻と総勢五名で新広州新駅の近くで『飲茶』をしました。久しぶりの再会でした。その後李忠氏は亡くなられました。

③広州旅遊コンス経理　杜　氏

ブラザー編み機の対中国売り込みの際は、一番お世話になりました。即ち一番多くの台数を販売したということ。約五万台、十億円は販売したことになります。彼のおかげで「中国人にも勝る〝いつでもどこ行きでも欲しい〟時に切符が買える」という神技を使えました。非常に有益でした。

実際に出張中だったＦＩＥＣ四人組が広州に滞在し東方賓館に宿泊して、マージャンもやり、福州への帰りの飛行機チケットも四人分まとめて買ってあげたこともありました。この杜氏には存分にお世話になりました。

④広州第一軽工業庁　頼科長

小麦粉の初輸出時に大いに世話になった大恩人。なぜか我が輩の帰国後はなんらのリピートもなく、わびしくかつ逆に個人的に遺憾に思います。

【福建関係】

⑤蘇永成　福州華僑塑料廠長（工場長）
その長男：蘇京生
その次男：蘇榕生
蘇永成氏はインドネシアから帰還した印尼（インドネシア）華僑で「福建華僑塑料廠」の初代工場長。長男は北京生まれで蘇京生といい、次男は福州生まれで蘇榕生といいました。特に長男の蘇京生には、人造皮革生産設備の販売時からその日本での生産から受渡しまで、協力願いました。長男京生とはのちに野村本社東京で四、五年間共に働いたこともあります。もちろん小生が推薦者で保証人でした。
弟は、香港に出てきて、ケミカル関係の原料を扱う商社を設立しました。なかなかの商売上手で立派な事務所で、ベンツS560に乗っていました。サーティン（沙田）競馬場へ連れて行ってもらったこともあります。また福建では、一度だけ福州の近くの福清で、一緒にゴルフをしたこともあります。この親子三人とは、のちに香港で和食「大阪」で食事をしたこともあります。その時は父の蘇永成氏がUSAで心臓の治療を受けていました。
以後も、種々福建関係や香港関係でお世話になりました。その後お茶を扱っていた東西貿易KKにいるのを野村本社に引き抜きに成功しました。東京繊維部でしばらく働いて貰いました。その後編として、二十一世紀になったのちも蘇京生氏には、彼の不在の時に香港の彼のマンションに数夜泊めて貰ったこともあります。

⑥福建投資企業コンス
輸入部　楊経理、黄抜犂氏（実務担当経理）
総経理室　馮副総経理　秘書　鐘華英女史
各種の商品の輸出入で、大変お世話になりました。特に事務所開設時など特別なサポートを頂きました。

⑦三聯コンス営業部　陳建清女史
ブラザーの編み機の販売福建地区の仕掛け人、なかなかの美人で男並みの気前の良さで、大いに気に入り、親しく付き合いました。

⑧綿益発展有限コンス　オーナー　周才元氏
前述のごとく一九七〇年代後半（一九七六年と思う）、香港一回目の駐在が始まった時に突然我が事務所（当時事務所は聯邦大厦二十一階）を訪れて、いきなり福建の話をし出しました。これが周さんとの初対面でした。一見ずんぐりした太めの坊っちゃん風で、人物は良さそうな第一印象でした。その後会えば会うほどに「人間味が出てきて、家族ぐるみで付き合う」ほどの関係になってきました。

商いは、初めの福州華僑塑料廠（プラスティック工場）向けの人造皮革プラントだけで金額は僅かUSドルで五〇万ドルでした。交渉に相当時間がかかりましたが、福州の工場現場に出向いたり、日本の奈良法隆寺のメーカーを訪問したりで約一年かけて契約できました。周才元氏には、我が輩の野村退職後も世話になりました。

小生が野村定年後、日本国内で電子市場 e-Market を使った中国茶販売を始めた時に中国茶の仕入れでお世話になりました。当時周氏の会社は伊藤園向けの中国茶を販売していました。日本のD社を通じて長年取引しました。

＊相当昔ながら、一九八〇年代初め頃（一九八二年あるいは一九八三年）に、周氏を奈良の自宅に呼んだことがありました。ついでに奈良三笠スカイラインを車で案内しました。その帰りに学園前駅北の登美ヶ丘の我が家にお連れしました。そして、その返しでもあるまいが、香港の彼の億ションのフラットには何度も行ったことがあります。一番印象の深いのは一九九七年七月の香港が中国に返還される式典日の花火を彼の邸宅から眺めたことです。我が妻もその時は一緒でした。

＊彼の繋がりから、蘇親子や陳建清など、福建関係で多くの知人を得ました。これは何事にも換えられないことです。二〇一〇年近くには、大阪の企業・W社の香港事務所として彼の事務所に机を一つ置かせてもらったこともあります。

第五章　広州・福州から帰国以後の大阪勤務　繊維部衣料販売

一　純然たる国内衣料販売

仕入れ元（輸入先の原工場）の根本的要素

東京本社繊維部に帰任後は、縫製品発注後の生産手配と出荷督促など、生産部隊での現地＝中国への滞在あるいは出張による工場の製品追い出しに従事していました。この項目はすでに述べた通りですが、縫製品の生産過程で一番大切な仕事ですので、再度述べておきたいと思います。

①追出し仕事

実地（現場）で実際生産されている製品を見て、同時に①工場そのものの内容、即ち設備機械の明細チェック、②工場の工員、即ち女工さんたちの能力としぶりチェック、③生産品の出来上がり状況、即ちその生産品の品質の検査。この三つは基本的な仕事です。

②製品着荷後の仕事

貨物到着後、直ちに出荷から集金までスムースに貫徹することがベストですが、それまでに種々トラブルが起きます。例えば①製品の品質問題、クレーム発生からその対策、即ち出荷工場と売手（コンス）と賠償の交渉、②製品の納期遅れ、出荷工場への督促とバイヤーへの説得、両方を同時にこなす　③引渡し後の支払い問題　特に売掛金の管理と監督、売掛回収とバイヤーの経営状況の把握、などなど広範囲に及び、身体と頭が一人で何通りも、またどこの場所でも、いくらでも必要となるのです。

③上記の問題をまとめて更に深く検討を重ねると、生産以前に次のような基本的対策が生まれてきます。

縫製品の工場や、その素材の生産地や、運送面での利便性や、総体的な生産コストの合理性等を考慮に入れると次のような『基礎的条件』が出てきます。これは誰にでも理解、賛成いただけると思われます。

Ａ　工場の内容が優秀である‥経営者が人間的に優れ、誠実で明朗なこと、工員のレベルが高い、工場環境が綺麗、現場の工場長や班長が良い監督官であることが挙げられます。例えば、その工場を初めて見に行った時に、工員たちが仕事を止めてこちらを見る、作業の流れが悪いなど作業中の「乱れ」「不ぞろい」が見られる、工場のトイレが清潔でないなどの点が見つかると平均的に良くない工場となります。

Ｂ　工員の給与が安い‥目標は日給一米ドル*（約百円）。これが大事な決め手、キーポイントとなります。やはりコストが安いことは大事な点です。

＊一九九〇年代中頃の中国状況から推測できる水準。

C　工場の場所：主要商業港から車で三時間以内で、いくら奥地でも構わない。右記のBとの兼ね合いで、労賃が安いところは「田舎」ですから、この田舎が主要港から三時間ぐらいでトラック輸送ができるかが、大事な決め手となります。もちろん道路事情も併せてチェックすることが大切です。

D　日本人監督官が居住できる環境：「日本人の眼が不可欠」ですから、この日本人が住める環境条件であるかどうかがポイントです。

E　投資後三年で投下資本が回収できる。

これらの条件を満たす候補が一軒出てきたので、子供服専用の合弁工場を設立しようと提案し、会社の許可を得て、正式にスタートしました。日本側からの派遣責任者の人選もうまくいき、スタートしました。順調に生産・製品出荷・バイヤーも満足という理想的な活動を勝ち得ました。これは珍しい成功例です。ただこのような工場が幾らも出てくる状況なら将来ともに安泰ですが。

そして次の段階へ

衣料関係の生産から輸入販売、顧客との付き合いを一貫してやりぬくという「純国内服装（アパレル）販売商い」をやることになり、まずその最初の仕事として

①東京で某有名大手の婦人衣料の問屋Aと、がっちりと取り組む「A社占有グループ」を作りたいと、我が輩がA社の担当部長から「指名」を受けて『特別班』を組織することになりました。小生が班長で、男子社員四名と女子社員二名で、合計七名の一つのグループが出来上がり、A社向け婦人服の販売に専念することになりました。我が社として、我が繊維部としてもこのような「組織」をわざわざ組んで臨むのは最初のことで、果たしてうまくいくかどうかはわからない、初のテスト・ケースでした。

子供服工場の社長と工場長

②この時にまず我が輩が打った手は、相手S部長は業界でも有名な「Big Buyer」をたくさん持っているすご腕セールスマンである一方、遊び（賭け事なども含む）が好きなので、生半可な付き合いではなく、思いきったプロポーズをと思い、今年一年間（今シーズン）の巨人対阪神のプロ野球の全試合に大枚一枚を賭けることを提案しました。当時阪神が弱く、例えば年間二四試合あるとして、阪神が八勝十六敗なら▲八枚の我が輩の負けになります。三連戦で全敗したら大きいですが、まずは一勝二敗なら▲一枚だけで済みます。もし連敗なら▲三枚となりますが。その他には、マージャンがお好きだったので適当にお付き合いしたところ、それほど負けることはありませんでした。要は気前よく嘘はったりのない付き合いが大事だと思ったからです。

③これでうまく付き合いが進み、日常の業務も順調でした。そして中国で合弁の縫製工場を作ることになり、野村も一〇％と少ない投資で参画を決めました。しかし、出資に参加した日本側の小規模縫製工場三社の内、まず一社が手を引き、ついで二社と脱退していき、我が社もついに脱退を考えざるを得なくなりました。そんな状況の中、来シーズンの仕込みに入り、製品出荷の時期となり、そして婦人服の生産完了、全量入荷となりました。その全く苦しい時に会社側から〝ほか対策なし〟という理由で「専属班の解散」が持ち上がりました。

その時、S部長の特別配慮で、我が輩自身に大きなマイナスを与えないための方策として、我が社の対A社向けの手持ち在庫をすべて某商社にそのまま従来のままの条件で移帳・引渡しすることとなり、無事に完了しました。その結果、我がグループは二年弱で解散・消滅し、我が輩は約十年振りに大阪本社に帰任できることとなりました。しかし、この解決策は、一〇〇％A社のS部長の我が輩への特別配慮であったとしか理解できません。

④合弁問題についてどうして我が社が「不参加」となったか種々ややこしい問題が発生した経緯あり、関係者の各社にとって釈然としないところがあったと感じられました。

＊この間に「特記事項・天安門事件」が起こりました。この歴史的事件の折にもまたまた小生が大きく絡むことになりました。運命的な体験です。それには以下添付のレポを参照ください。

特記①「天安門事件に想う」（ＡＩＢＡだより　２００９／７掲載より）04/06/2009　於奈良

……ちょうど二十年前の本日の出来事です。当時某商社で、男性四名女性二名のグループリーダーで、量販店向け婦人ボトムの生産・販売していました。今生々しく思い出すのは、当日夜に、翌日出張予定の部下と得意先デザイナー嬢に、急ぎ電話し出張ストップを掛けました。それに倍して、重大事がちょうど秋冬物のボトムの仕込み時で、ウール生地八十数万メーターをすでに生産済みで、北京のコンスと生地買いとその賃加工縫製を契約ずみでした。当時のがめついJ社長に、「このやばい時期に、大量の生地を放って置くのか?」とのことで、小生自身が六月下旬に、北京へ出張し眼はり番することになりました。街は何もなかったように、静かでしたが、外人部隊の居住区には、銃剣を構えた解放軍数名が要所で歩哨していました。そんな中の国際クラブに、TEPPANYAKI を食べに行ったのを想い出します。そして、その尾ひれ付きが、八九年年初この生地メーカーと婦人ボトムの縫製工場をやろうということで、合弁工場設立を契約締結済みでした。それで、北京市当局のこの動乱の中でも、外資企業が『中国で頑張っている』ことを宣伝したかったのでしょう。六月下旬の某日、北京飯店の旧館西楼八階会議室で、北京市長の主催で、外資企業の欧米や華僑ら各国代表約二十名を集めて懇談会が、開かれました。小生も量販仕入部長と北京ウール工場長との三名とともに参加した。日本人はわれら二名だけでした。同席でわが輩は市長にある要求を出しました。そして、同夜北京テレビ局のニュースに、小生が登場したそうです。翌日の工場長からの報告でした。

＊北京市長の名は黄儀氏で副市長だったと記憶しています。

すでに二十年も過ぎましたが、中国共産党の独裁と理不尽な厳戒体制に恐怖を感じたか、当時は誰しも第二第三の天安門事件が、四、五年後には再度起こるものと予想されていましたが、みんなの想定外で、何ひとつ大きな事件は起きずに、本日まで来てしまいました。これは、その後の改革・開放で人民の目をお金に向けさせ、毎年一〇％近い成長率で、裕福な中間層が増えたせいでしょうか。一方、当時の主動者だった学生や若い文化人らは、今なお海外に亡命中の者や中国から出られない者が、たくさん居ますが、せいぜい香港などで、数万人の民主化運動が起こる程度で、比較的静かなものです。果たして、今後の中国での民主化運動は、どう進むのでしょうか。また個人的には、歴史的に現時点で、完全に抹消された趙紫陽氏は、果たして復活（汚名返上）されるのでしょうか。親中国派でもない、もちろん党員でもない、まったくの傍観者の小生に、今現在でも種々考えさせられます。

（二〇〇九年六月四日深夜　於奈良拙宅）

＊この某社は前述のA社のことで、このA社向け販売予定のウール生地です。なおこの記事は、我が輩が所属している「ＡＩＢＡ」貿易アドバイザー協会の季刊誌二〇〇九年七月号に寄稿したものです。

特記②　この件に関連してぜひ記述しておきたいことがあります。

天安門事件の追加事項として、事件直後の六月末か七月上旬に、中国側主催の「この危機に敢然と立ち向かう外資企業として」というテーマで中国のメディアにて報道されました。それは、北京飯店八階の大講堂で、北京市長が出席し、外資企業代表が参加した「懇談会」の模様を映したものでした。ここに、我が輩とA社のS部長が出席しました。そして小生が中国側の合弁相手企業もしくは政府に『要望』事項として、社用の自動車の購入許可を申し出しました。このことが当日の夕刻の北京テレビのニュースに出たそうです。小生とJ部長と北京工場長G氏の顔が写っていたそうです。この北京市長との会合には、西欧企業、華僑系企業、東南アジア系などの代表も参加していました。

二　大阪繊維部長としての仕事

その後、大阪繊維部長として赴任しました。十年振りに奈良の我が家からの出勤となりました。扱い商品は変わりましたが、いずこも問題の多いセクションで、部長の仕事どころか、課長あるいは担当者の仕事をせざるを得ず、またまたいばらの道となりました。

この時の経験から、以下仕事における備忘録をまとめておきます。△は多少困った事例、▲はもう少し苦労した事例、×は最悪の事例、◎はうまくいった事例です。

▲　しぶりの比較的悪い客先との取引

▲　がめつい社長の下、堅固に固めた人物を支柱にするので、会社業績は優秀でしたが、仕入れ

条件はがめつ過ぎる：値段・品質・納期・クレーム処理（我が商社にとり不利）

△　顧客は厳しいのに、それにプラスして仕入れ工場不良：もの悪い・納期遅れ・対応悪い（現場）

×　最悪の状況：生産現場の見直し・検品人派遣・費用増（効果現れ出難い）

日本側の客への対応：すばやさと賢さ（狡さ）が必要なのに間に合っていない？

×　青島や上海の工場：最初の工場選定からミスが目立つ。即悪すぎるのを中国側コンスから当てがわれた？　後手に後手で、対策のすべなし。

＊当時山東省分コンスがオーダーを受けて枝コンス（支店）に生産工場を指定して決める→良くない工場を当てがわれることも発生。

◎　成功例もある：良いパートナーと組んだ合弁工場はうまく行く。またはよく息の合った工場長や工場の場合うまく行く。

生産品に間違いがなければ、あとの出荷・客への受渡もスムース。すべて良き方向に進むものです。

三　その期間の人間関係について

記憶に残るお世話になった人達と、逆に足を引っ張られた人達。

▲1　山東省服装コンス　野村担当者B氏
あまり良くなかった代わりにいつも上司の科長や科長代理をひたすら頼ったものです（N氏、R女史）。
×2　青島メリヤス
担当が悪く、工場もひどく悪い。右記青島や上海の実情を語る。
×3　上海メリヤス
青島の代わりにとの期待に反し更に悪かった。踏んだり蹴ったりでした。

この時は、クレーム交渉が中心で、対コンス幹部への印象も悪く苦労した時期でした。会社を代表してのクレーム交渉がメインの仕事で、常に作戦を練り直し即効果を上げるべく対戦したと言えます。以下実例を挙げますと、

①服装広州コンス：我が社のクレーム提示に逆にカウンターを食らう！
　TK時代の広州駐在時のクレームネゴの順次次第ですが、TK担当者のチョンボもありますが、品質不良と納期遅れへの賠償八万米ドルの提示に対し、コンスより逆に四万米ドルを請求してきたのです。
　ここで小生が個人的に責任を持ち、「こんな話、過去二十年やっているが聞いたことがない。

我々の提案に真面目に乗って貰えなくば、北京総コンスのW経理に口を聞いてもらうと「脅し」をかけてみた。すると分コンスの責任者がやっと舞台に出てきてクレーム交渉がテーブルに乗りました。そして最終的に四万米ドルをコンスから貰うことで結着しました。

＊中国は社会主義で、特に役所関係が縦割り式で、中央や上層部に〝弱い〟ことが証明されました。これは我が読み通りでした。

②青島・上海メリヤスコンス：スタート悪ければ、必ず最悪の結末に！

大阪のM社向け製品が、最初の青島での仕入れが手配が遅れ、更に現場の怠慢から、何の進捗もなく納期が到来し、急遽上海で再度初めから手配し直しました。上海は過去長い間使用してないコンス・工場だったため、「急な仕事」を受け入れてくれる要素もありませんでしたが、なんとか期間短縮で、受けて貰えました。

この時の問題は、当時我が社の担当課長はなぜか「意欲なし」で、全く動けなかったことです。やむなく我が輩自ら客先へ対応と仕入れ側の交渉も、一人で動いた次第です。言葉は悪いですが「やけくそで、やるしかなかった」のです。これも貴重な現場のＯＪＴの一例でした。

③クレームの交渉は、あくまで満額回答を得るため努力することが肝心です。

次いで相手の立場も考慮して、ネゴに当たることです。特にこの点が、留意すべきことです。相手の人となり、ないし性格というか人物の太さ・大きさをよく見究めて対処するのが大事です。中国人は一般的に自分のことが大事という人が多いので、職場の立つ位置（役職）というものが大切です。これを理解しないと大きな落とし穴にはまります。

連日悪戦苦闘の日を重ねて、定年まであと三年という時期に、いよいよ野村社員として最終章になるであろう二回目の香港赴任がやってきました。これは本人の希望であり、ようやくにして、巡ってきた最後の戦場として、ひと華を咲かせる機会であり舞台であると肝に銘じて赴任することにしました。

四　当時出会った人物・交遊録

①元紡織北京分コンス　経理　熊永紋女史

前述のA社のS部長らを交え非常に親しくお付き合いした仲でした。北京の毛紡織と合弁した際にもお世話になりました。来日された時には福井県東尋坊や四国愛媛県松山城などに同道案内しました。また、後年元同僚の上山治君と松原寿美子さんの結婚式にも出席され、大阪天王寺の都ホテルで再会を果たしました。

②同じく　服装北京分コンス　管明華女史

口ひげも構わない男風でノーメークの女性。しかし、仕事は厳し過ぎる方でした。

③安保鼎氏

上：熊経理と片本（1989年３月８日，天王寺都ホテル）
下：上山と松原の結婚式

A社の合弁時のコンスの担当者。中国共産党員。当時全国人口の七～八％の党員でした。後に日本のA社の社員にもなりました。お互い熟知の間柄です。

④北京清河二毛紡織の輸出科長
李秀茹女史

　A社向けの毛織物メーカーで長年、毛織物の買い付けでお世話になりました。その後も彼女が独立して輸出会社を設立した後も、来日時に中部地域に我が輩のボランティアで通訳を兼ねて共に出張したこともあります。なかなかの美人でその後も付き合いが続きました。

⑤繆女史

　李さんの助手ですが事務・実務はしっかりした人。李さんの良き右腕でした。

⑥東昇毛紡廠　工場長　高徳金氏

　なかなかの商売人で世渡り上手な人でした。

粛氏

同工場の総務部長。

⑦山東省服装分コンス　副総経理　倪連海氏

仕事面でキツイ男でしたので、当初は付き合い難かったのですが、徐々に慣れてなかなかの好関係が築けました。のちに土畜産コンスの総経理になりました。その後青島で畜産コンスに表敬訪問しました。

上：合弁工場契約調印式
下：同松山城参観（高工場長，A社S部長，劉氏ら）

科長　羅玲女史

非常に別嬪で我がタイプでしたが、仕事の面であまり良い関係は作れずに終わりました。残念至極也。

⑧山東威海市毛紡廠　工場長　王慶偉氏

仕事がよくできた好人物。

⑨煙台市服装支コンス　経理　李氏

中央政府の常務委員ナンバー8の李春芳氏の実弟でした。李経理には仕事面で大いにお世話になりました。

⑩北京裕口服装廠

A社の縫製時によく訪問しました。

（ア）蜜雲服装廠

同上

（イ）広東省茶葉土産コンス　経理　羅方鵬氏

元野村広州の傅強氏と一緒に広東省の仏山三水佳利達紡織染工場の設立者の一株主となりました。二〇〇七年頃両名を自宅に招待しました。二〇〇八年頃野村貿易繊維のワイシャツ担当の田山氏を帯同して三水紡織染工場を訪問しました。面接者は総経理・姚穎氏でした。残念ながらこの一回切りの試験取引で終了しました。我が願い空しきや。

第六章　第二の故郷　香港へ再度の挑戦

一　喜び勇んで香港へ

一九九四年秋、二度目の香港赴任となりました。赴任先の事務所は、第一回目と大きく異なる小さな事務所で、小職以外は僅か二名の駐在員でした。着任以前の社内打ち合わせから、自身の青写真は、まず一つ：業容拡大、二つ：人員増強、三つ：職場拡大の三点です。

志大きく、夢を膨らませ、有終の美を飾るべく、「力み過ぎの感」あり、果たしてその先行きはと心配されるほどのレース前の競走馬並みの「入れ込み」ようでした。

変化を見極める

事務所は湾仔《ワンチャイ》の地下鉄駅真上の「中国海外大厦China Overseas Building」中国系のビルで500～600sq. feetsの狭い所で、ビックリした次第です。従業員も日本人二人のみ、香港人十余名。これほどの小さな世帯になっていました。

業容が縮むと、それにつれて職員の意気もしぼんで、ますます下り坂を滑るがごとく低下するのです。理屈はよく理解できますが、これを食い止めるには、トップが先頭をきってサバイバルに挑むしかありません。次に環境の変化を見究めることがまず一番にやることです。

香港の変化―十五年間での大きな差異―

A　言葉の違い：広東語と英語が喋れる人が減った。逆に北京語（国語）を喋る人が増えたが、誰でも喋っていた英語が減ったのにはびっくりした。現地雇員の採用時にそれを確かに感じた。十数年前は大体が英語で面接したのだが、英語ができない人が増え、北京語の方が喋れるという逆転の様相であった。

B　日本人が減少、韓国人増加：大陸からの移住が増えて北方からの人たちが比較的に多く移り住んできた。香港人が多くカナダなどへ一時的にも移住した人が増えた。

＊これが右記の一つの原因になっていると思われた。

一方、外国人は日本人の居住が減る傾向で、韓国人が増えてきた。日本人が三万人を切り、韓国人が五万人余になった。これは日本の会社が主体を香港よりも大陸へとのシフトが始まっていたということだろう。

C　人材が求めやすくなった：人材派遣会社が増えて、求める人材をハッキリと指定し志願者と随時面接できるようになり、香港大学卒を採用できた。我が香港支店では初めての記録だった。

優秀な女性だったが、二年間で退社した。力があってもうまく使えないと宝の持ち腐れとなるから。

D　交通網の発展：ＭＴＲ（地下鉄）の敷設が短期間で急伸して、便利になった。また、香港島と九龍とのトンネルも二本に増えた。逆に、経費節減のため社用車の利用が減り、昔二台だった社用車が一台となった。

＊以前は駐在員の出退勤時、社用車二台とも使用していたが、今回は使用不可で、駐在員含め全職員バスなりＭＴＲなり自前で出勤。

事務所職員らとのリフレッシュ・バーベキュー

E　業務内容（業種）も転換：人員の転換から会社内の雰囲気まで変化した。以前の純中国の仕事が減少し、大陸風の堅苦しい空気がなくなり、もとの香港らしさが戻った感じだった。

F　職場交流の機会を増やす：まず毎朝「朝礼」ではないが、責任者から一声かけて簡明な指示や意見を述べ合う。また夜は時間があれば、駐在員同士で飲み会を開く、各自払いの自由参加。そして現地職員との交流として、我がフラットで「すき焼きパーティー」＆「打麻雀」を旧正月などに行う。

G　昼食用外食店店舗が増えて楽になる：従来と比べて近場で安価で手頃な昼食が食べられる。これは目立たないが大きなプラス。

ちょっと金欠時は屋台風の汁そば、あるいは余裕があればハイクラスの「飲茶」で快適なランチなどを十分に楽しめた。

一年後に事務所移転

以前の五、六倍の大きさで場所も快適な所を見つけました。湾仔海岸通りの Wanchai Harbour Centre Bldg 25F。地址（住所）：灣仔港湾道25号 海港中心25楼

ようやくにして事務所らしくなりました。このビルの十五階にはニチメンが入っており、また二十八階には香港の初代特別行政長官の董建華氏がおられました。夕刻退勤時に時々エレベーター前で出くわしたものでした。

＊董建華氏は香港でナンバー2の船舶王の息子。

業容拡大と人員増強

二年間で金属加工投資案件で客先二人と弊社社員一人、現地雇員二人、繊維分野増員社員一人などに加え、日本人駐在員六名と長期出張に一名、現地雇員らも含めて三十数名の大所帯となりました。

二　取引高も自然と膨張

収益額　毎月一〇万米ドルが当期の目標となりました。

金属関係：中山コイルセンターの取引を中心に、この原料鋼材を川鉄より仕入れ、中山で加工し各ユーザーに販売します。

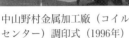

繊維関係：ジーンズ中心のアパレルと繊維原料の輸入販売（Spandex）。東レ―Dupont スパンデックスの香港及び中国南部のSwimming Wear（水着）及び靴下などのニッターに販売。これにプラスが第三国間取引でした。

中山野村金属加工廠（コイルセンター）調印式（1996年）

具体的拡大策

(1)　金属加工関係で、深圳地区でコイルセンター自社独資工場（資本金一億円）

日本での取引金属加工業者と共同で販売計画し、中山地区に工場設立。入谷製作所（富田林）とタイアップ、原料は川崎製鉄。

取引高及び業容が、拡張。徐々に着実に拡大。目標は毎月三万米ドルの利益。第二年度から実現。

入谷製作所の入谷平司社長に特に協力願ったこととして、長男の浩司君が香港に常駐してくれ大半は深圳の中山工場に駐在し担当いただきました。

そして我が社からは香港から派遣の隅田ＲＥＰ（販売担当）が頑張ると共に元住友金属の堀氏に中山の現場に駐在願い、生産現場を監督いただきました。また原材料のサプライは、我が後輩の大外大（大阪外国語大学）Ｃ２２の岡内武氏の川崎製鉄香港事務所長に、大いにバックアップをいただきました。何故か小生と気持ち、趣味嗜好など一致して、日頃から時間があれば「よくお付き合い」しました。好事魔多しで、遺憾だったのは彼が香港駐在中に病死したことでした。単身赴任で土日の間に自宅マンションで亡くなっていたとのことで、事後報告しか貰えませんでしたが、香港での葬儀となりました。まことに残念至極で、衷心より追悼の辞を送るしかありませんでした。

(2) 繊維関係の三国間の取引の拡大目指す
計画の通りに行かないで苦戦。売り先開拓が弱いことに加えて、仕入れ先も予定の協力を得られず、期待外れに終始しました。期待大の専従ＲＥＰ一名を配したのに実績を伸ばせず、我が輩の大誤算でした。
＊これは大いなる反省材料です。

(3) 鉄鋼原料の三国間取引は、そこそこ伸長順調に推移して将来が大いに楽しみでしたが、この取引の重要なポイントに「大きな落し穴」がありました。これが過去数年前の事故原因を究明し得ずにいたことが次なる第二の事故をも誘発したと言えます。この問題点とは、従来より起用していたSwitcherが時々変わったことです。これに常に「不安感」を持っていました。

＊二度までも同じような問題を惹起したことは、責任者の小職の「監督不行届き」の大失態であったと事後ながら痛感しました。発生時点は異なりますが、原地点（問題発生を疑わせる場所）は同一でした。二度も起これば「バカでも分かる」ことです。高すぎる授業料、大きな反省材料となりました。

⑷　香港経由の縫製機械のミシンと編み機が驚異的拡販となる

香港及び広州事務所の連携作業に効果を期待しましたが、すでに峠を過ぎたか扱い高・利益ともに予算未達となりました。

現法の活力不足か？　管理者の監査不良か？

現法の出資先の二つの企業の内、第一の中山金属加工（コイル・センター）の販売先も初期の時期に台湾企業の「夜逃げ」事件に始まり、売掛金回収不良が発生したため、絶対に金額が少額でも「現金決済条件」を厳守するように担当に厳命しました。

この台湾人の出身会社の台中の田舎まで、小職自ら台北事務所の協力を得て出張・回収に努めましたが、この客筋は台湾で失敗した後に大陸に行ったことが判明し、彼の知人たちはなんのサポートもしないということで終止符となりました。

このような「台湾失敗組」の多くの会社が大陸に進出したと聞きます。したがい、取引開始時にはどこの客先でも最初は現金商いで、最短一年無事故で経過して、初めて与信販売を開始とするという原則を設けて順調に進んだ結果、最終的には黒字経営になりました。

そして第二の出資先の江蘇省無錫のニットパジャマ縫製工場も、契約以前の「準備」即ち企業を始める前のF／Sの研究不足が明白で、十分な審議もなく香港現法の出資にしてしまったことが最初からの「つまずき」であったと見られました。これが小職の懸念の通りに本事業自体が毎年赤字決算でその赤字の累積が大きく、最後までうまくいかなかったということです。

工場の運営は一〇〇％本社の繊維部の実力次第であり、香港側では如何ともしがたいことでした。ただし香港側でできることはやろうと考えて次の動きをしました。

現地の無錫合弁ニットパジャマ工場は、無錫第一メリヤス工場との合弁で、パートナーである徐工場長や同夫人の無錫第三綿紡廠長（先染め織布）の戴女史、更に無錫紡織工業局長らと関係を深化させ、なんらかの業務関係を構築努力しましたが、最終的に無為に帰しました。大いに悔いが残るところです。対日輸出や対三国輸出を狙いましたが、ワークする時間的余裕がなく、結局は成果ゼロのままでした。

＊壁に描いた餅以下の答えでした。
＊栄毅仁氏：江蘇省無錫の大富豪の息子として誕生し、当該地での中国有数の大型綿紡織廠の子息として育ち、終末近い時期にあの鄧小平氏に認められ再登場となり、国家中枢の人物となり、国際信託コンスの会長兼社長になった人で、二〇〇五年十月に逝去されました。彼は趙紫陽総理を大変信頼していたというので、政治感覚は素晴らしいと見られていました。

上：紡織工業局長らと会食
下：無錫出身の大富豪家の栄毅仁氏の所有の梅林での梅の花を工場女子群らと鑑賞

いずれにしろ、香港現法は形式だけの出資先となったので、この合弁企業の主たる活動者かつ受益者は本社の繊維部で、実際に利益を上げ得ず何らの成果もなく過ぎ去った感じで、経理上は明らかに香港現法の損失となりましたが、実際の経営権や営業権は大阪本社であることを明記しておきたいと思います。換言すれば、本社側の責任が一〇〇％で、大きな損失になったということです。

三　今一つの任務　「華南地域総支配人」としての役割・任務について

広州事務所の役割

前々所長だった片本の人材配置で実現した傅強氏の起用で盤石だったはずですが、業容自体はあまり拡大せず、伸長なしの状態でした。

新しい対策として、中山コイルセンターの仕事を広州事務所からも補佐させることになり、通訳一名を広州事務所より派遣しました。主に加工製品の販売面で、センターの販売員に協力し補佐します（通訳が主要業務）。

当時中国南方では日本語通訳不足で、大連ほか東北地域から呼ぶような事態であったので、広州からの応援は大いに役立ちました。またその通訳も優秀でした。

片本＝傅強氏の関係は、鉄の繋がりで、もっともっと仕事の拡張ができたのではないかと、のちに「反省」が浮かんだように思い出すことがあります。

本社をうまく動かせば、例えば食品関係でもっと大きな取引ができたのではと反省する次第です。要は片本自身が広州について自ら見る・考える時間的余裕がなかったと併せ反省しています。

台湾野村関係

①赴任時に台北事務所で、本社派遣の所長が経理処理のまずさで、まず人事交替の話がいきなり出てきたのですが、本社の協力を得て「うまく処理」できました。

②業務内容は、食品・服装・鉄鋼などの従来の商品に加えて、中国鉄鋼のタイ国向けなどの新規取引もできつつ、順調に推移していました。我が輩も中国鉄鋼にまでも挨拶に行けるようになりました。

＊小職自身が、昔は大陸オンリーで台湾には入境すらできなかったのにと非常に複雑な心境でした。

台北及び高雄両事務所の職員らと

台湾・中国鉄鋼コンス（高雄）との関係設立

過去三十年から四十年近く中国本土にばかり出向き、親中国の人物と見えますが、別に中国共産党派というわけでもなく、職業上大陸本土と長い関わりを持つことになっただけです。しかし、例え幾ら遅れてでも台湾に出入りできるようになったことは、個人的に実に喜ばしきことです。しかも台湾の超一流企業の中国鋼鉄とも取引ができて表敬訪問ができたことは、我が人生にとっても重大なニュースであると思います。Good Luck を祝いたい。

四　二度目の香港・交遊録

二度目の香港駐在で、できた人間関係を記してみると。

①野上義二氏　元香港総領事

同時期に駐在、月一回の十大商社ゴルフ大会で何度も顔を合わせました。後に外務省政務次官となられましたが、あの田中真紀子女史（当時外務大臣）とのトラブルなど想定外でした。外野感覚ながら「面白かった」。

香港十大商社会の晩餐会で総領事に表彰・商品授与（最長ドライバー賞）

②波床健蔵氏　元阪和興業香港総経理

同窓会の先輩で、しかも中国語の二期先輩。（本社専務扱い）香港での大外大の同窓会で何度かお会いしました。

③西田健一氏　元丸紅香港総経理（のち本社専務）

同時期駐在、大外Cの二期後輩で在日本時から繊維原料業界で顔見知りでした。

④平野博史氏　元三井物産香港社長

同時期駐在ゴルフ大会でおなじみ。指導を受けました。

⑤霜村栄一氏　元ニチメン香港社長

同時期駐在。大外大英語の後輩、ゴルフ大会で親しく付き合いました。事務所が同じビルだったので数度訪問しました。

＊②③⑤お三方はすでに逝去されました。衷心より冥福を祈ります。

⑥朴香美女史　Korean Night Club COSMOS ママ。Golden Blue と共によく利用しました。

⑦譚務本氏　元友聯。技術者。現香港港湾局 Seniour　Adviser

旧交をあたためて時々食事・飲酒をしています。

⑧昆老板

香港のフカひれスープ店・魚翅城餐館のオーナー。銅羅湾の Times Square 11Fや西トンネルを超えた City Olympia などに数店舗多数開設。

⑨郭秀栄女史　元土産総コンス　香港徳信行　経理

香港での再会を祝し再合作商談中でした。一九九五年一月一七日、深圳の工場を訪問中でした（昼食時ＴＶニュースで神戸地震の大惨事を知りました）。

⑩汪恵美女史　元広州服装コンス

香港で再会。在広州時にアパレルの取引を行いました。

⑪呉純青氏　華潤コンスで再会、合成ゴムの取引を再開しました。昔、交易会ごとゴムやタイヤなどネゴするも不成功。香港での再会後、デンカＣＲクロロプレンゴムを販売しました。

⑫出澤常務　元りそな銀行

香港店駐在（本社常務）、たまにゴルフのお付き合いをしました。

⑬新井氏　元りそな香港支店長

仕事面でやり手だったと記憶しています。当時香港ではりそな銀行が、邦銀の中で一番多く店を出していました。某日、トップの海部頭取、国定専務らが訪香港された際、関係商社らとの会食に招待を受けました。トーメン香港の長友氏もおられました。

追記すべき方々

①真藤亘氏　元ＩＨＩ社長　後のＮＴＴ総裁

新造船やResale船を大量契約した際、招商局他表敬訪問されました。

②稲葉興作氏　元ＩＨＩ常務　後の日本商工会議所会頭

浮ドックや大型浮クレーン成約時のＩＨＩのトップで、東京で何度も面接機会あり。斎藤（素）氏の直属のトップ。

③根本広太郎氏　元ＩＨＩ常務

斎藤（素）氏と共に一番多く対中国商談で接触の機会がありました。

④斎藤素弘氏

元ＩＨＩ海洋物件すべての担当窓口で、一番古くかつ長い交際をしています。現在も新橋で自営業を営んでおられます。時々飲むことあり。

＊以上、大型商談で一番関係が深かったと思う石川島播磨重工業の関係者です。

更に鉄鋼関係で特筆事項として二名追記

①入谷製作所　入谷平司社長

中山市で鉄鋼初の合弁工場のコイルセンターを設立した時の社長。工場建設時から当初責任者としてたびたび香港に見えました。数年後まだ若年ながら病死されました。深く追悼の意を表しました。香港から帰任後（野村退社後）、私人として河内長野の社長宅に線香をあげに訪問しました。

②川崎製鉄　香港所長　岡内武氏

上記入谷製作所向けの原材料の鉄板を供給してもらいました。我が輩の後輩で（大Ｃ22）日頃より意気投合して関係は絶好調でした。然るに惜しいことに一九九七年に現地で壮絶なる病死をとげました。脳内出血で帰らぬ人となりました。ここに同氏の冥福を衷心よりお祈りします。早期に退職して「甲骨文字」の研究をしたいと常々言っていました。本当に惜しい人物を亡くしたものと心を痛めていました。

【コラム】香港からのおみやげ

◎香港情報一件「香港からのおみやげ」以下、詳細を記します。

本情報の出所は、前述の譚務本氏です。非常に役に立つ情報です。我が輩の知人・友人すべてにこの情報を提供しました。（「ＡＩＢＡだより」二〇一〇年十月　掲載分）

香港からのおみやげ（漢方医の薦める五つのいいもの）

23/09/2010

昨年十二月に香港および広州に出かけました。その時、Ｎ商社勤務時の第一回目の香港駐在時に、仕事の関係で知り合った現在七十七歳で、まだ現役の造船設計士・マリンコンサルタントおよび現在も香港港湾局の顧問をやっている三十数年来の朋友のＴから、下記の面白い・有意義な話を聞きましたので、紹介します。できれば皆さん、すぐに実行してください。

話の題名は「五様好東西」（＝「五つのいいもの」と言った意味）で、次のような内容です。

【一つ】夜寝る前に豆乳を二五〇ミリリットル飲むこと。豆乳には、一〇〇％優質なアミノ酸が含まれていて、十二分な成長ホルモンを作り出し、身体の新陳代謝を促進し、体内の余分な糖分や脂肪を消耗してくれます。またダイエット効果もあり、「怠け者のダイエット法」とも呼ばれています。これ以外に、大豆には天然の女性ホルモンが豊富に含まれ、血液中のコレステロールを軽減し、心臓を守り心筋梗塞を予防します。またこの女性ホルモンが体内のカルシュームの流出を抑制し、乳ガンや大腸ガンの遺伝子を抑え予防します。しかし、最近の市場に出廻る大豆は八〇％遺伝子組み換えで、人体への影響は未解明ですが、要は遺伝子組み換えでない豆乳を買うか、もしくは防腐剤の入ってない豆乳を買うようアドバイスします。そして豆乳は朝に飲まれるより就寝前に飲んだ方がベターです。

【二つ】野菜より果物をよく食べること。「好色の徒」となって、匂いの強いものや色艶の鮮やかな果物を選び、ロジンの多いものを食べると、身体に非常に良い。もしマンゴを選ぶなら現地マンゴを食べるように、葡萄なら紫色のものを、スイカなら種無しのアカ西瓜を、メロンなら緑色を、ハーミン瓜なら肉食色のものを、ドリアンならロジンが一番多く含んでいる。そして、肝臓の解毒作用を抑えるグレイプフルーツは、今後食べないようにしてください。

【三つ】緑茶（green tea）は水を飲むより勝っている。緑茶は紅茶や水の代わりに飲むことを薦めます。何故なら水は身体に良くないものを連れていけないし、紅茶は醗酵した熟茶であるから、いずれも良くない。緑茶をたくさん飲めば、パーキンソン病系を低減できるし、カテキン茶を多く含んでいる。関節や軟骨を柔軟にし、痛みをやわらげる。また飲んだ後の茶滓は、過敏症の皮膚や湿疹に擦り付けても効果あります。

【四つ】毎日コーヒーを飲むのがよろしい。コーヒーはアラビヤ豆を選ぶように、毎日一杯のコーヒーを飲むこと、その効果は、バ・アミノL-Dopaを抑制し、老化・パーキンソン病・

ガンを防ぎます。コーヒーは大脳の命令系統や四肢に伝道する役目を活性化します。コーヒーの悪い点は、カルシウムやビタミンを流出することです。懐妊前の三カ月間はコーヒーを飲まないように。その他、コーヒーはアラビア産を選び、ジャワ産はよくない。豆は新鮮なのが良く、あまり時間経つと麹毒素が発生します。

【五つ】サツマイモはガン細胞を除去します。サツマイモは、病変した細胞を正しく元に戻せます。即ちサツマイモは神経節の肝エステルを含んでいて、これが肝細胞を直す。またサツマイモは、ダイエット効果もあり、何故ならその澱粉には水溶性の繊維を多く含んでいて、体内に溜まることはないからです。サツマイモの甘味そのものが、糖分ですから、身体に非常に良い。ご飯を食べるよりも満腹感があるので、一週間に一度はご飯の代わりにサツマイモを食べることを薦めます。サツマイモは赤ければ赤いほど甘いし、また非常に身体に有益です。料理法は、炊くよりも、蒸すよりも、焼いた方が一番良く、更に焼いた皮と一緒に食べるのが効果大です。放射線専門医が言うには、電子レンジにはプラス電子を一部欠いているので、水分に依って振動され熱せられて、本質をゼロにして仕舞い、ガン化を容易にします。電子レンジは便利ですが、余り使わない方がベターです。

以下の文章も参考にしてください。

人体内の有毒物質は、二つのルートから入ってきます。一つは大気と水から汚染物が肺から息を吸って、また胃から物を食って、入ってきます。鉛・アルミ・水銀など重金属がその代表です。もう一つは、食物が体内の代謝の後、廃棄物となり、無内容物や硫化水素となります。体内のゴミを除去して初めて気分爽快となります。次の方法が、体内の毒素を除去します。①主動的咳をすること（Proactive cough）。自然界の粉塵、金属微粒子や廃棄中の毒性物質を呼吸することで肺に入り、肺をダメにして、更に血液循環にて毒素が全身に巡り連座してしまいます。この主動的咳することで、肺をキレイにすることができます。毎日室外の空気のキレイな所で、深呼吸運動を行い、深呼吸するときは両肩をゆっくりと持ち上げて、その後咳をして、口から、鼻から、空気を吐き出し、咳とともに痰も吐きます。②水を飲んでキレイにすること（have a cup of plain water after getting up in the morning）。排便は定時に行い、便が腸内に滞留する時間を出来るだけ短縮し、便と共に毒素を排出する。毎日空腹時に、ぬるいお湯を一杯飲んで、大便を通り易くして、また尿とともに毒素を排出する。③運動して汗を出す（do exercises）。皮膚も毒素を排出する出口であり、主に汗を掻くことで毒素を対外に出す。④食物をうまく活用する。●常に果物・野菜の汁を飲む。新鮮な果物・野菜の汁は身体内での清掃剤です。●常に昆布を食べる。昆布は放射性物資に対し親和力があり、昆布の膠質が放射性物質を一挙に対外へ排出する。また放射性物質を体内に貯めることを防ぎ、放射性疾患になる確率を小さくする。● Green bean soup helps metabolism 常に緑豆のスープを飲むこと。毒素を排出し新陳代謝を促進する。

＊以上の話は、有名な漢方医が書いた本より抽出したものです。

第七章　心底に残る失敗事　入社直後から野村・香港現法退陣まで

ここまで、全般的に成功した実例の羅列と自慢話ばかりに偏り過ぎたきらいがあり、ここで自分自身に直結した「失敗例」を中心にその原因と対策などについて述べてみたいと考えます。話の起源は古くは新入社員時から、最終は野村退社時までと長くなりますが、「チョンボごと」のまとめとして記します。

一　我が私的失敗事

社会人初の失敗事

入社してすぐの配属指令で「輸出繊維部化繊課」勤務を命じられました。ここは担当女子社員も入れて六名の課で、化繊織物のインドネシア向け担当を私一人でやることになり、嬉しくてなんでもやろうと思い、一カ月に百数十件もの契約とその履行をこなしました。大体が月末と中旬の二回に分けてこの契約の実行即ち船積みをします。受け渡しをしたら即、その貨物の船積みをするのです。もちろんそれまでに成約後の仕事として、①成約記帳・成約表作成（利益が幾らかなども記載）・商品の加工指図発行（製品のプリント〔柄付け印刷〕や色付け〔染色〕などの具体的な加工指図書）を作成して、プリント工場や染色工場に提出する。②その加工を監督・出荷までチェックする。③加工完了・工場出荷を確認。③船積みの手配などがあります。一件の契約完了まで、相当時間もかかるし、その間の監督・管理も重要です。

そしてバイヤーへの最後の内地からの仕事は、大事な船への積み込みです。これを順番にキッチリとこなしてやり遂げるのが貿易実務です。その段階で初年生の小生が船積みをやることになり、貿易実務も今から学ぶ立場でしたので知ったかぶりでやり切ろうとして、下記のような問題を起こしました。

×　船積みの手配時に、このバイヤーはインドネシアのスラバヤ在だから、貨物の仕向け地もSurabajaとして書類を作成し船積課へ回付しました。ところがL／C（Letter of Credit 信用状）面では仕向地はSemarangとなっていたのです。これに気付かずにスラバヤ向けで船積みしてしまいました。L／Cの内容もまだよく理解せずにノーチェックだったわけです。

○　「その後船積課から連絡あり、我が輩の間違いに気付いて、船会社が実際の積み手配＝船の船倉を手配・調整するセクションにまで緊急連絡して、我が貨物をスラバヤハッチからセマランハッチに積み替えて貰い、「九死に一生を得ました」

いくら初歩で貿易実務も知らないとはいえ、出足から「大チョンボ」をしでかしました。その時は、セマランという港があるのも知らず、この事故後にスラバヤへの途中にセマランという港があることを勉強した次第でした。事後ながら地図を見てジャカルタ↓セマラン↓スラバヤでジャワ島を西から東に移動することを知りました。

これを基点に「貿易実務」の勉強が始まりました。ただしそばに先生がいるわけでなく、すべて自分自身で仕事しながら勉強するしかないのです。仕事を進めながらの実務勉強です。一つ一つずつ覚えていくのです。これが現場体験・即知識獲得になるのです。

第一歩の要知覚の用語（貿易実務）

1　L/G Letter of Guarantee　担保保証状

2　L/C Letter of Credit 信用証

3　D/P & D/A D/A 30days

4　信用調査と信用限度

5　現金決済　小切手&手形

6　限度オーバー　あるいは破産・倒産　など

新入社員二つ目の失敗―大阪港の税関から叱責受ける―

右記とは別件と思いますし、問題の内容もその概要も今では忘れてしまっていますが、乙仲・大森廻漕店の神保さん（大森本社課長）に付き添われて大阪港の税関まで行き、担当官に書類で頭を「なぐられた」のを記憶しています。神保氏は本社からわざわざ小生のサポートのため来ていただいたと聞きました。その原因も不明でここに記載することは無意味かもしれませんが、そこまでこの若造が食い付いたことだったとしか思い出せません。

輸出繊維部では、綿布や化繊織物・合繊織物などを世界各国向けに輸出しており、船積課には常時乙仲の大森廻漕店の社員二人が野村に出向してきていました。毎月一〇〇万ドルから二〇〇万ドルに上るほどの売上がありました。とにかく当時は超多忙で毎晩十時過ぎまで事務所で事務処理を行い毎夜伊沢課長とともに事務所の鍵を掛けて帰宅の途につきました。最寄駅である近鉄南大阪線・富田林駅の駅前にオートバイを預けていましたが、毎晩駅着が十二時に近いのでいつも翌朝におばさんから小言を言われていました。

綽名を「Carp」と付けられる

前述の化織課の伊沢弘之課長から、当時小生は生意気でいつでも、何ごとでも口から先に食い付いた言い方をしていたので、まるで鯉（カープ）のようだと同氏から、「Carp」と命名されました。

これを今も尚非常に懐かしく思い出すと同時に、なるほど彼の言った通りにその後もこのカープの名に恥じない「かみつき根性」で長い会社生活を過ごしてきたことは事実です。

一方伊沢氏から〝いつも嫌味たっぷりな、かつ女性的な言い廻し〟で「注意」を受けたもので同氏から、「先になって伊沢が言ったことが正しかったときっと分かるようになる」とまで言われていました。それから相当に時間が過ぎ去って、即ち実に十数年いや二十余年後になってから、なるほど伊沢さんの言った通りと納得できるようになりました。

彼は、我が野村生活の中で「良かった課長」の一人に当たると思います。我が輩にとって役に立ったという先輩課長や部長はほんの二、三人しかおりません。尊敬して高く評価した人達をここで敢えて名前を挙げるなら、一番に香港支店長の山平良司氏で、いわゆる上司としての良識と貫録と部下への配慮がありました。次いで別に記述済みの森本宏氏（化学品輸出課長）とその後が前述の伊沢弘之氏です。報告を兼ねて書面ながら初めて「改めてお礼を申し上げます」。

お三方とも皆様すでに鬼籍に入られていますので、今更届きませんが有難うございました。遅まきながら御礼と感謝の意を表します。

以上はまことに独断専行型で申し訳ありませんが、ご容赦のほどをお願い致します。

想定外の事件起こる

おかげでその後の長い期間において、直属課長や部長・本部長いなや重役諸氏にまで、自分が正しいと思うことは即口に出て食いついたものです。それで会社寿命も終わりに近い頃にD常務から言われました。「片本君は、斜め上も含めて上に弱い」と明言されました。全く彼の言そのものが現実でした。そんなこんなで相当に会社内の昇進が遅れに遅れて二度目の香港で華南地区総支配人の命を受けるまで、なんの権限もなく過ぎ去っていました。どなたがゴーサインを出されたか不明ですが、当時のトップはC社長でしたので社長自身の指令だったと思います。

香港に行ったあとは、職権範囲は「本部長権限」の理事だったので、小職の権限で自分自身はもちろん部下にどこへでも出張指令を出せるようになり、私事で僭越ながら、長年行きたかったインドネシアにも出張できるようになりました。夢を実現できて、華僑相手の商売も順調に伸長しました。そんな時、幸か不幸か想定外の事件が起こりました。これが我が輩の最後の望みをも断ち切るに至りました。文字通りの「御名御璽」です。ただ、自分のまいた種は自分で始末が原則ですが、後二、三年は大丈夫と予想していただけに非常に無念残念でした。

事がここに至ると、これまでの部下への管理不行き届きと共に日頃から彼らへの配慮も足りなかったということに尽きると思います。

退社申し入れ

最後の最後まで上司に〝弱くて〟ついに社長命令で最後の職位も奪われました。突然の指令に何らの抵抗もなく、また会社側から何らの説明もなく、我が輩の方から即刻退社を申し入れました。そして香港から帰国後すぐに退社手続きをとりました。せめてもの慰めは、持ち株の会社株を時価で売れたことぐらいがラッキーでした。

以上が入社後から香港の二回目の駐在までの間の我が輩に関係した失敗事でした。

そして、ついでながら会社全体の小生が聞いたことや見たことなどから、独断的な、かつ個人的な判断であるかも知れませんが、大きな仕事面での「失敗事」や「事件」を古いことから、二十世紀最後のあたりまで全社的な観点と、それに当時の社員らの意見・評判などを記述したいと思います。

二　会社の失敗事

香港支店の膨れ上がった累積赤字

二回目の駐在で香港に行くまでに、約四十余年間の香港支店の累積赤字が日本円一億円を超えていました。一九五〇年代後半に、当時の支店長が日本円数十万円で買い付けた「Hong Kong Royal Golf Club」の会員権が暴騰して、この損額と相殺できる額まで高騰していたので、本社指令でゴルフ会員権を売却した経緯があります。これは当時ゴルフばかりして何もしてなかったと噂されていた支店長なれど、ここ二十世紀末になって膨れ上がった「膿」なれど、よくぞこの危機を救ってくれたとあの支店長に感謝したい気持ちです。

鉄鋼廃棄物消失

この決裁時の直近に事故が起きました。香港支店が鉄鋼廃棄物（スクラップ）を中国広東省に売ったところ、その貨物を積み込んだ船舶がバイヤーの指定港に到着せずに姿を消したのです。本件の売上代金も回収できない事態となりました。これが最終的に右のゴルフ会員権売却の決断の引き金になったと思われます。

野村貿易会社を揺るがす「事件」

また遠い昔には、野村貿易会社自体を揺るがすような「問題」があったと聞いています。

その1：我が輩が入社以前の「アメリカ向けのビーチサンダル事件」

Nomura America Corp のＬＡ支店が神戸長田町のビーチサンダルを大量に与信販売を行い、事故発生後の未回収額が会社の屋台骨を揺るがすほどだったと聞きます。

その2：次いで「麻原料の大型在庫」で会社が揺らぐほどの問題でした。これは一九八〇年代後半の、「麻ブーム」に乗って買い進めで「買え！　買え！」でどんどん進めたトップの責任となりました。数年がかりで「在庫処分」できたはできましたが、当時の繊維本部長Ｈ氏が責任を取る形で一応の終結を見ました。当時のＪ社長はその綽名が「鄧小平」と言われるような人物で、我が輩は入社当時のみ「大事にして貰った」という気持ちはずっと持ち続けていますが、出会いがしらからなぜか「馬が合わない？」「毛嫌いされている？」と思える非凡な関係で繋がっていたようです。社長になられた時は大いに期待したものですが、ブレーンが不揃いだったのか、バックボーンがひ弱かったのか、短命に終わりました。個人的には残念至極ですが。

第二次的事故発生—詐欺に遭う

これは我が輩が直接的に関与した事故で、まる二千万円もの純然たる損失でした。同じく鉄鋼原料で、中国の鉄鋼ビレットをインドネシアのスラバヤの華僑の鉄工所に継続販売していました。小生自身も責任者として、仕入先の山西省太原鋼鉄廠にも、そして売り先の鉄工所へも数度出張しました。

問題発生は、同一製品を同一バイヤーのスラバヤ向けに荷を出す際に、三度目の船積み時に数量が一万トンとなったため、船一隻をチャーターして積み出す契約をしていました。

原因は、この時の香港での書類スイッチを行うスイッチャーが詐欺師だったということになりますが、

反省点：三度目の契約となるゆえ、油断がなかったか？

①中国と言えども大幅に改革・開放されすべての面で変化が大きいことに気がつかず、信用できない船会社や信用できない船主らが横行していることを事故後に知った（状況の変化を読めな

かった）。

②三度目とはいえ、事前に実際に香港でのスイッチャーの事務所を訪れてその Performance をチェックすべきだった。

③これらを担当に任せきりだったことは管理者として反省すべき。

再発防止策：前記反省点の逆対策ですべてカバーできると思う。

しかし一番のキーポイントはスイッチャーのチェックと、海上運賃（Ocean Freight）の支払い時に振込み済みのエビデンスを渡すのではなく、振込み手配時の「振込み申請書の Copy」で代用するなどにすべきだったのでは？

本件については小職自身が、何とか挽回できないかと香港警察署湾仔署にローカルスタッフのKを連れていき、警察担当官に経緯から順を追って詳細に説明し、「この詐欺犯をなんとか捕まえるよう」に自身で広東語を交えて標準語で分かりやすく説明を加えました。そして場合によっては犯人確保のため、シンガポールにも行くからと警察を説得したのですが……。警察担当官の回答は、さすが香港の警察というか、すでに諦めていて、今回のこの詐欺犯は世界的に名前が知れているほどの詐欺犯で、すでに星港（シンガポール）どころかもっと遠くに逃亡しているとして、全く我が熱弁にも頷きもせずに、逃げ腰一辺倒でした。香港人の諦めのよさに、また「あっさりしすぎ」な態度にビックリして、これにて諦めざるを得ないと判断しました。

三　一九八六～八七年の広州駐在時のアパレルクレーム事故

第三章の三項目の①（125ページ）で述べた通りですが、本件は特に留意すべき点も多いので以下詳細に記述します。

(1)　問題発生の原因

東京本社からの担当者に任せきりだったので、問題発生直後に問題あったかもしれない。即ちTK担当者S社員が広東省北方の部関まで飛び、染色工場に新しい生地で何度も自分の仕様にマッチするまで原反を使用したかもしれない？

(2)　これでコンス側からこちら側のクレーム八百万円に対し、コンスから逆に四百万円を野村に支払えと言われました。こんな真逆なカウンターは過去数十年間で聞いたこともない。よくも提示したな！　とコンスの経理に抗議しました。

(2)　その際に「脅しをかける」つもりで、紡織品総コンスの経理の名前を出して本件を総コンスに報告すると告げました。すると、初めてコンスの経理が出て来て真剣に検討し出した次第。最終的に四百万円をコンスが賠償するという結論に達しました。

我が輩は日頃から、会社内で「クレーム解決王」と言われており、これを武器にクレームの場合のみに、いずれのコンスも経理クラスと交渉するので、常に上手から威圧的に、言葉は悪いのですが、脅迫的にまたは威嚇的に交渉することを常に「カタヤン主義」としていました。

これが結果的にはうまくいったのです。

四　熟年後の世渡り「ちとは益しか」一九八八〜九四年

貿易畑一筋の過去を振り返って見ると、この期間が日本内地で国内商売を体験・現場検証の最終舞台と言える場面に直面できたのが Last Luck でした。
①繊維本部の大阪繊維第一部長に着任後、国内取引の与信管理を実体験する立場にあり、ここで「危ない会社」「現金払いで付き合う会社」など種々の取引相手が出てくるものです。当時縫製品関係で特に寝装品関連の会社が軒並みに危ないと言われていた頃、我が取引先でも一つ一つ契約ごとに、決済を済ませていかねばならないと会社審査部から申し渡された相手に、逐一月ごとにチェックを入れていきました。過去には「何ら問題なく取引をしていた相手でも、株式に相当に突っ込み過ぎて本業にスキマができていた」こともあります。こんな場合には現金を見るまで安心できないのが鉄則ですので、厳しく管理していきました。そして一年辛抱したところ、元の状況に回復して元条件で取引できました。
②第四コーナーを廻ったところで、いよいよ最後の直線勝負に入った時に、某社の倒産に出くわ

しました。破産直前までの売越し残はゼロに近く、契約の残りも製品はでき上がり済で、約二千万円ほどあったものを転売ほか、あらゆる手を尽くして、何とか大した損失を出さずに処理できたことは不幸中の幸いであったと安堵しました。思い返せば飛行機で北や西へと飛んだものでした。

また、現物在庫は婦人服が多少残っていたので、大和銀行本店に依頼して社内販売まで行ったものでした。これも過去の人の繋がりを大切にしてきたからこそ、実現にまで漕ぎ着けられたのだと思います。天空に向かい感謝したものでした。

第八章　定年後の活動と方向性　二〇〇〇年以降

一　中国茶の電子取引を始める

インターネットビジネスで、何か始めたいと試行錯誤の結果、香港の周氏を通して中国茶を仕入れてネットビジネスを始めようと思い、まず看板となるお茶の種類を選びました。①ダイエット用のお茶、②花粉症に効くと言われた甜茶、③そのほかに三種類に絞ろうと考えました。

看板は〝カタヤンの沱茶と甜茶〟として、あとは鉄観音のお茶を二種類に絞り、とりあえず販売を開始しました。この選択の理由は、当時世の中は「ダイエット」と花粉症の流行で、対処法として甜茶（甘いお茶）が効果大とのことで、市中で相当に売り出されていました。そこでこれを主販売品に加えて、後は本来の中国茶の美味さを味わえる中級以上の鉄観音茶を売り出すことに決めました。

まず友人や知人から宣伝して、徐々に始めました。その最初は、友人の会社の顧客への挨拶用として二種類の詰め合わせセット二百個のオーダーでした。段ボールの特註のケースにパックして郵送できる形にしました。

その明細は、沱茶一〇〇グラム、甜茶七〇グラム、鉄観音茶一箱（綺麗なケース入り）でした。一セット売値一五〇〇円でした。この友人・井置尚三氏とは学友時から、会社勤務中もお互い定年退職後も、ずっと続いた友人関係でただ一人の良きポンユウ（朋友）でした。学卒後レンゴーに務め定年後はレンゴサービスという子会社に勤務。二〇一四年逝去。小生より丸二年も若いのに先立ちました。誕生日が同じでした。心より冥福を祈ります。

小売用として沱茶@一〇〇グラム袋入りと、甜茶七〇グラム袋入りと、後は化粧ケース入りの並級の鉄観音茶と、上級の「黄金桂」ブランド入り鉄観音と、四種類でネット販売を開始しました。

インターネット販売用CM作成も、包装資材の研究も、袋詰め後のポリ袋の封印も小型機械を購入しました。S資材株式会社にも行きました（心斎橋と本町船場中央）。そして後には難波の道具屋筋にも行き、資材や器具を求めて歩きました。

最終的には、S資材で包装用ポリエチ袋とシール用の工具を買いました。これで最小の袋パックが完成し、販売できる体制が一応整いました。

あと、仕入れのお茶を広州土産コンスから、香港の周氏の会社経由で仕入れました。代金決済は小生の香港出張時や旅行時に手渡しました。

日本着後は自分で引き取り、最初は神戸税関まで出かけていきました。最初の一、二回は、見本輸入の数量（三〇キロまで）でしたので、無検査で輸入ＯＫでした。量的にそんなに伸長なくせいぜいカートン数ケースでした。

e-Trade 時のＣＭ用チラシをここに添付します（次ページ以降）。

結論から言って、年間百万円弱の売上でコストは自身の手間賃と労力以外に経費はかかりませんが、丸三年で辞めてしまいました。口コミとネットだけで、九州と北海道は売れませんでしたが、本土内は東北青森から島根鳥取まで、本州は幅広く売っていけたと思います。広島・岡山には個別に販売活動しました。中には一度に百個単位で買ってくれる客もいました。この大口のバイヤーが今少し増えていたら、成功できたかもしれません。

＊中国茶の e-Trade 販売用のＰＲチラシ 販売価格リスト&中国茶の分類リスト
そして「カタヤン・コンサル&サービス」ＣＭ概要、以下の通りです。

e-Chicha は　このロゴも含めて〝いい中国茶〟のつもりでした。なかなかのものではないですか。

自画自賛。

Newpage01

e-chicha

中国茶ショップ

直輸入の中国茶を 日本一安く みなさまに紹介します。
特に そのあたりでは簡単に 見つからない 珍しい 健康茶を お薦めします。

1. 商品ラインアップ:

甜茶 テンチャ 花粉症に効く		70gr.(袋)	¥500. —
沱茶 ターチャ 体脂肪減・便秘に		100gr.(23-25 粒/袋)	¥500. —
鉄観音 おいしさ一番・ウーロン茶		125gr.(紙パック一新包装)	¥600. —
黄金桂 香り一番・ウーロン茶		125gr.(化粧箱)	¥600. —

2. 商品支払:

後払い。 商品に同封する郵便振替用紙(赤色)で商品到着後に振込んでください。

振込み手数料は当方負担です。

なお 送料は実費でお客様でご負担ください。振替用紙(請求書になる)に記載します。

3. 送料の概算・手引き:

@¥200: 一袋・一箱
@¥270: 二袋・二箱
@¥390: 甜茶なら五袋・ターチャなら四袋 ウーロン茶なら三箱
@¥580: 甜茶8－9袋・ターチャ6袋・ウーロン茶5箱
@¥610－820: ゆうパックを利用します。
* 奈良学園前近辺は無料で配達いたします。

中国茶の分類　　issu/27/7/00

1.白　茶 White Tea	銀針白毫　Silver tip Pekoe	
	白牡丹　White Peony	
	貢　眉　Gong mei	
	壽　眉　Sou mei	
	新工芸白茶 New Technical White Tea	
2. 緑　茶 Green Tea	火共　青　緑茶 Fire Dried Green Tea	
	炒　青　緑茶　Pan Fired Green Tea	
3. 紅　茶 Black Tea	正山小種 LapsangSonchong	
	工夫紅茶 CongouBlackTea	白林紅茶 Paklam
		坦洋紅茶 Panyong
		政和紅茶 Chingwo
	紅砕茶　BrokenBlackTea	
中国茶の種類 4. 烏龍茶 Oolong Tea	武夷岩茶　Wuyi Rock Tea	
	ミン北水仙　NorthFujianShuiXian	
	ミン南烏龍　Oolong（NorthFujian）	
	ミン南色種　Se-zhong（SouthFujian）	
	ミン南水仙　Shui-Xian(SouthFujian)	
	安渓鉄観音　Anxi Tich-kwan-yin	
	永春香橼（永春佛手）YongChongXiangYuan	
5. 花　茶 Scented Tea	茉莉花茶　Jasmine Tea	
	玉蘭花茶　Magnolia Tea	
	柚子花茶　Pomelo Flower Tea	
	玳玳花茶　Dai-Dai Tea	
	珠蘭花茶　Zhu-Lan Tea	
	王攵　瑰花茶　Rose Tea	
	桂花烏龍茶 SweetOsmanthusOolongTea	
	大花烏龍茶 Cape-Jasmine Oolong Tea	

Newpage02

CHINA CONSULTING & SERVICE　**中国ヨロズ相談**

其の一：　貿易取引の紹介・仲介
輸出から輸入まで、商品も何から何まで、バイヤーやセラー（中国側の生産者・出荷人）の紹介なんでも　相談に乗ります。

其の二：　中国での工場や農場の設立からこれらの経営までお手伝いします。
これらパートナー候補者や候補地まで紹介します。

其の三：　現地出張 OK
契約からマーケット視察でも　交渉ごとで難しいものに限りサポートします。お客さまに同行・サポート出来ます。

其の四：　通訳・翻訳請けます

＊　ちなみにこのご主人は　中国滞在延べ十八年という　**老中国・中国通**です。超大口商談から小口の面倒な商談まで　また中国北から南まで　東から西の奥まで　無数の中国人･華僑のお友達も　お気軽にコンタクトください。

＊　1　仕事はきっちり　経費は安く　すべて出来高･成功払いで　即動きます。

＊　2　出張などは実費プラス日当で　お願いします。

＊　3　通訳は　半日￥２００００　一日なら￥４００００；
翻訳は中国語⇒日本語　出来上がり文字　¥1350/400 字
日本語⇒中国語　出来上がり文字　¥2000/400 字　です。

二　ジェトロ認定貿易アドバイザーに

二〇〇一年にジェトロ認定アドバイザー試験にパスして、新しい仕事が見つかった形ですが、これは名義上の肩書役名であり、実を稼げる仕事ではありませんでした。

自分で「個人で動いて商売をするか」、このジェトロ窓口あるいは「ＡＩＢＡ」窓口で何か商売をするか思考を巡らすも、何も出てきませんでした。

三　個人の商い

ＡＩＢＡの最初の友達・斎藤蔚氏からの「奈良県の桜井市のスポーツ用具店がアイススケート用のブレードを輸入したいと言っている。貴方、もし興味があればやってみますか」とのお誘いを受けて、ほかに何の用事もなかったのと、また同じ奈良県でもあるので、やることにしました。まずは、我が輩の上海の友人（日本女性で中国人と結婚）に当たって見ることにしました。そして、いま一方他案件で付き合いがあった大連在住の中国人にも当たって見ました。その結果‥

①　本来大本命のチチハルの工場は、独立して「モノポリ」を決めたそうでアウトでした。結局はチチハルの会社自身が東京に法人まで置き、専売するそうでギブアップしました。

② 大連の友人が見つけてくれた遼寧省の建陽あたりのメーカーとトライヤル・オーダーを入れることになりました。上海の友人も同じメーカーを探し当ててくれました。新しい会社ながらも中国人のMr.Lucky Liuと組んでやることに決めました。

③ 結果的に二回のオーダーで、品質問題も発生し、終了となりました。一回のオーダーは仕入れ総額一万米ドルで、客先まで商品を到着させて、手取りabt. 一〇％とプラス経費を実費で客先に負担してもらう条件でした。しかしながら、金額一万ドル程度とわずかであり、個人輸入の手間と煩雑さもあり、終わりにしました。

この仲介者は素晴らしい人物で、後述の機会に大連で面会までできて全く「老朋友」のごとくお付き合いをしました。何かあれば共同作業をしたいと思える人でした。彼の会社は、人材の紹介も一つの分野だったので、もっと真剣に取り組むべきでした。元軽工業品コンス大連分コンスの人で、のちに独立して個人会社を設立しました。彼の名前は劉若塵氏（Mr.Lucky Liu）で、当時四十歳でした。ちなみに民主党の党員でした。わずかな人数ですが「民主党」があることを初めて知りました。

四　中国語の翻訳業を行う

ＡＩＢＡ会友と野村時代の旧友からの紹介で、中国語の翻訳業を行いました。Ｓ市の中小企業の仕事で、中国に進出している工場で制作する歯科医療用各種部材を造るのに、その工場宛ての「技術的な説明から、制作面での留意事項」を主体とした技術的な説明の中国語訳をしました。これで多少でも貢献できたのではと考えています。

なかなか翻訳には時間と苦しさを味わいました。二年間ほどで百万弱は収入があったと思います。あと数件、投資案件などの契約書や関連書類の和訳と中国語訳などを時々飛び込みアルバイト的にこなしました。

また、旧友（元野村貿易の同僚）からの依頼で、繊維関係取引のクレーム交渉時の中国のShipperとの往復書簡の翻訳業を行いました。昔の顔なじみというよしみで受けたものでした。

五　ジェトロの「Ｑ＆Ａ」担当

ＡＩＢＡ本筋からの仕事らしいものはなく、ただ初期時のジェトロからの「Ｑ＆Ａ」案件の中国関連に限り、担当希望者が少なくて本部からの要請もあり、三、四年の数年間かぎりで件数も十件までと絞り、こなしました。その後は、比較的に面倒な仕事なのでここ数年間止めていましたが、二〇一五年度は中国関係の担当者がなかなかいないということで、五件だけ引き受けさせて貰いました。しかし四年間空いていたので、きつい仕事でした。

中国関係Q＆Aについて、関係法令などは、中国語の規制、法令、通告などしかなく、活用するにも、情報を得るにも、これらを利用するしかなかったので、小生自体が幸いに読み書きは問題ないので助かりました。有利に作業できたと自己評価していました。この場合の留意点は、多多あり、ここに気づいた諸点を記してみます。

①中国の法令・規則など、難しい言葉や表現を使うので、平易に解読するのが面倒なこと。日本と同じで法律文章というか専門的な文言が使われ、その上に文章まで気取っていて堅苦しいのです。

②よく変更や修正を発表するので、半年刻みで『チェック』する必要があること。そして新しい法令が出ると、従来のものは自動的に『廃案』となること。最近の五年間ぐらいで、よく変更されたのは、具体例を挙げると、「増値税の返還率」です。特に二、三年前に、繊維のアパレルで、外国企業の要請か、その環境の変化か、で元は一七％支払ったのが、八％～一一％～一三％～一四％などの返還と度々変わりました。これは縫製工場が調子よくて、外貨の稼ぎが多い時には外資系オーナーから「戻り」が少なく、「やって行けない」と強い不満が出

ると、高い効率に戻すのでしょう。

③企業法や労働法など大きなテーマであれば、詳細に解説するためか、事前に理解しやすくするためか、正式発令までに「事前試行」といって半年間ほど余裕をみて実施されるのが普通です。これは良いことです。このような重要な法律だと、ジェトロの北京や上海で、日本語訳が出されます。

④この法令関係で、実地検証をしたこともありますが、これはなかなか大変な作業かつ苦労が多いことでした。しかし実地検証で証明できたら、これ以上の喜びはありません。実例を示して説明できるのですから、鬼に金棒です。

六　日本繊維輸入組合と日本繊維輸出組合からの協力作業

野村貿易勤務時代の特に定年前に近い時期に、偶々輸入繊維アパレル関連で、良い関係を持てた日本繊維輸入組合との繋がりで、定年退社後に二度までも彼らの推薦で中国関係の展示販売会に参加することができました。

新機構の「日本繊維輸出振興機構」（ジェトロと同様な機構）は、繊維輸出のために新たに設けられた組織でありました。元の母体は日本繊維輸出組合と日本繊維輸入組合の共同で運営されていました（しかしこの一時期だけだったと思われます）。

そして、平成十六年と十七年の二度にわたり、中国で展示販売会が開催されました。初年度は、上海と寧波で行われて、翌年度は、大連と広州で行われました。

第一：この案件の紹介者は繊維輸入組合の柴田氏で、彼の存在なくしては実現しませんでした。

第二：このチームで、懐かしい日中貿易の仲間に再会できました。十数年ぶりや、数十年ぶりの人たちもいました。例えば藤本恒氏（蝶理）、山本享一氏（帝人商事）、白木氏（帝人商事）、野田氏（伊藤忠）などが参加していました。

第三：新しい友もできました。小生がアテンドした辰巳織布KKの辰巳雅美社長（岸和田）や第二団の大連と広州組の神栄生糸（福井）の上田晃氏さんら三名とは、我が大連の新友人の劉若塵氏と初対面ながら誘い出して、一緒に食事をしました（中華料理は頭数が揃わないと良くないので、これは自分勝手な誘いに応じてもらったものです）。

第四：第一団の上海と寧波の時に、帰りを数日延期して小生の都合で杭州へ老朋友に会いに行きました。これは野村在勤中に杭州へ行く機会なく、日頃より是非行きたい個所であったので、寧波からバスで二時間ぐらい時間がかかりましたが行くことにしました。杭州の湖畔の旧杭州賓館（現・シャングリラホテル）に二泊しました。そして西湖を初めて訪れました。到着日は、雨男の性か、しとしとと降っていました。雨の中西湖を散策しました。蓮の花がきれいに咲いていました。そして翌日、会いたい人・高銘女史（元土産コンス浙江省・麻原料の担当者）ともその息子と共に西湖の楼外楼で食事をして、雷峰塔に登ったほか、西湖周辺を散策しました。高女史とは、麻原料（ラミートップ）の商い額はあまり多くはなかったが、毎交易会時及び来日時も東京で何度かお会いしました。小生が特に気に入った女性でした。いつも小綺麗にして、ファッションも常に気配りをしていたように思いました。良い思い出を作れたと思います。

この息子は、Orient Group Corp の Garment for EU Market 担当で、招文黎氏（Mr.William Shao）です。その時日本製のマツダの Atenza Jupiter Red というカッコ良い車に乗っていました。相当なカー・マニアだったようです。

第二団の広州では、前述の元野村広州の李小姐の両親と兄夫妻と昼食を共にして種々昔の思い出話に、数時間があっという間に過ぎ去りました。そして別れ際に母親から「紅包」（小遣い・お年玉のこと）を貰いました。老朋友は、かくあるべきと心底感激した瞬間でした。彼女の母親の細かな気遣いは会うごとに感じられました。

高銘女史と筆者（2004年６月，雷峰塔）

第五：柴田修孝氏のこと

輸入組合時の小職が中国アパレル輸入企画委員をしていた時に、「三峡下り」周遊を提案・企画しました。その実行時にはすでに香港に赴任していましたが、この企画に参加することは決めていたので、柴田氏を口説いて香港からわざわざ参加させて貰いました。更に同旅行時、白帝山付近で船を一時下船した時に、珍しい化石と原石（瑪瑙）を二人で買いました。柴田氏は石の中に「水が入った」化石で、小生が瑪瑙の原石でした。重かったですが香港に持ち帰り、今は奈良の自宅にあります。これぞ誠の何千年何億年前を思い出す原石です。

京都白川に居住。輸入組合で格別にご贔屓をいただき、日頃より感謝していましたが、このおかげで野村退社後も、OB会や年次の新年会などに、できるだけ顔を出して同氏との良き関係をキープしていました。そのおかげで前記の繊維輸出の准政府指導の行事にも、お声を掛けていただけたと感謝しています。また、同氏のおかげで野村を離れても、ジェトロのQ＆A関連でも、繊維の輸出入の統計数字などで同氏の後輩たちにもお世話になり、大いに貢献いただき、個人的にはお礼のしようもありません。ここ数年年賀の交換がないので、もしや他界されたかもしれません。その場合は同氏のご冥福をお祈り致します。

七　仕事以外の活動

中国語学習会の集い

呼称「中国語同好会」。この生い立ちは古く、約二十年くらい前のスタートだと思います。小生が関わって十六年余になります。

なぜこの時点で中国語を更に学ぶことになったか？（我が女房が訊く）

この時点でも我が解釈は「今尚発展中の我が中国語」であり、まだまだ伸長の余地多分にあり。片や、飲み友達も欲しいので大阪上本町や難波より遠くなる「八尾山本」まで、長い時間と高い電車賃を払って月二回、出かけて行きました。これぞさすがのど根性！

今思っても「よくぞ、行かれたもんや」で、その後「更に一段高い階に登った」我が中国語。そして互いに知ることとなった新朋友や新師傅（先生）。

奈良学園前に教室が移って早や三年過ぎました。我が尊敬するH老師にJ老師には、よくぞここまで支援賜りまして衷心感謝です（八尾や上本町などから、遠方の奈良学園前までお二方ともに、来ていただくことになりました。まさに感謝感激、天空に好運を常に感謝しています）。


現在すでにH老師は別件で離れられ、新朋友というか若い先生が登場しました。彼女も、小生とは十数年来のお付き合いになります。急の誘いに乗ってもらい実現しました。

この謂われにも触れておきますと、数十年前『日中友好協会』の大塚有章会長の秘書だった竹田幸子女史が会長をされていた『関西日中懇話会』の事務局で仕事をしていたのが、新しく来てもらった老師S嬢です。

中国民主活動家「劉燕子」女史との十四年来の付き合い

十数年前に戻りますが、日中関係の会合で出会ったのが最初で、当時劉燕子氏は秦嵐女史と二人で、『日中両国語詩集〝藍〟』を発行して、日本と中国の若い詩人たちの詩を集めて、翻訳と共に詳細な説明を加えて、両方の国に紹介しようとしていました。

二年のちに阪急淡路町で、『藍』の読者の会合が開かれ、その時に劉さんと秦嵐さんと親しく談合できました。この席に倉橋詩人や毛丹青氏らにも会えました。

それ以来、劉燕子の会合に時間さえあればいつも参加することになりました。また、神戸の学会という会合に二〇一〇年頃参加しました。この会合には常連ばかりが出席しており、哲学者、詩人、学生など各界の有識者が来ています。小生ごときは異種人物かもしれません。

王力雄氏（中国民主活動家で作家でもある）とも福島の某伊達メシ屋で出会いました。

この時、日本の若い女性に出会いました。これが神戸警察署の公安課の人でした。思想的なことを参加者も加えて『チェック』しているようでした。その頃より何時も彼女（劉女史）が中国に帰るごとに「拿捕？　保護？」されないかと心配でした。

最近では佐藤公彦氏を招いての講演と会合がありました。その時の彼女の報告は、寧波中心に温州やおもに浙江省で教会の破壊が増えているとのレポでした。それほどに中央の思想管理が「厳しく」なったと見られます。ちょっと由々しき問題と感じます。

直近で昨年（二〇一六年）六月四日に「六四記念日」と称した会合があり、遅れたが夕刻から参加しました。中国と日本の牧師たちの会合でした。石平氏も久方ぶりに参加していました。劉さんのサポーターで当日の司会者の安保 Abo さんに会いました。

前述の『藍 Blue』作品集全巻を所有していましたが、「因年紀太大、故想寄贈給阪大深尾葉子教授」。深尾葉子女史は我が後輩で、現在は大阪大学経済学部の教授になられていますが、彼女に一昨年年末に譲渡・寄贈しました。蛇足ながら　劉燕子女史の諒解も得た上でそう決めました。

八「カタヤン会」について

十五～十六年ぐらい前に発足しました。当初は中園好哉氏、福田勉氏と小生の三人だったかもしれません。野村貿易のOB会として、しかも三人は同一職場で、即ち『輸出繊維部』で働いていました。月に一回の飲み会からスタートしました。

その後数年で、足立英雄氏が加わって四名となりました。三人とも気心よくわかり、理解し合える仲で長年睦まじく飲み語り愉快な四人組となりました。

通常は、大阪の北や南、遠くは神戸三の宮まで出かけました。ある時は、一泊で温泉旅行に行きました。加賀温泉、白浜温泉、城崎温泉、有馬温泉、南淡路（三年ふぐ）などなど。

そして、海外へも、タイ国、ベトナム、香港それぞれ二泊ずつ、また台湾台北へ二泊三日でも出かけました。いずれも大いに楽しみました。この二カ所は、いずれも過去の勤務地でもあったので、元現地職員たちとそれぞれ再会できたことは、非常に楽しい、懐かしいことでありました。
現状は、二カ月に一回と余裕を持ち、今も継続中です。今は堺筋本町の海鮮中華の『李白』に集中して集い、味わっています。毎回みんな大満足で、大愉快です。

以上、おしまいです。

あとがき

はじめて書いてみて分かったことながら、いざ書いてみると、「なかなかまとまらないな！」というのが実際の感想です。いくら書いても、八万字から九万字です。最後に古い写真を集めて「これなら載せられる？」と思いしものを拾ってみて、なんとかなる量になったかなと感じました。年明けに傘寿になりますが、今なお勉強中の中国語の一分野で古い時代の古詩に興味があり、我が書院に掛けたいと思っています。その一首、

欲窮千里目　更上一層楼

王之渙作「黄鶴楼に登れば」の下二句です。

その意味は、「千里の先を見んとすれば、もう一段上の階に登るべし」ということです。なかなか含蓄のある文句と言えます。それと今一首は、

老驥伏枥　志在千里

三国志 曹操作「駿馬は年老いて飼葉の桶に倒れても志は千里先にあり」という意味です。「老い

ても志はいつも先にあり」というところ、我が好みの言葉です。
我が一生涯は、この漢詩へのかすかな灯火に導かれたものであり、やはりこの二句で締めたいと思います。

最後に、本文に一切触れなかった私事について、即ち半世紀もの長い間、すべてを犠牲にしてきたのはわが家族です。何でもかんでも仕事のせいにして、わが輩の口癖は「我が家は母子家庭」とまわりの人たちや仲間たちに言ってきたことです。本当に家のことは彼女に「任せきりに」、こどものことも任せきりだった、わがカミさんには全く頭が上がりません。そして、子供たちにも「何もしていない」、「何もしなかった」おやじでした。ひたすら詫びるだけです。

なお、末尾になりましたが、この拙文の上梓までお付き合い願った、出版社・中国書店の川端幸夫社長、原ご夫妻のご尽力と、仲介をいただいた劉燕子女史の気配りに心よりお礼を申し上げます。

平成二十八年十二月吉日

片本善清

片本善清　Katamoto Yoshikiyo（1937～）
大阪府出身。大阪外国語大学中国語科卒業。
野村貿易 KK 入社。中国駐在が主体で
①文化大革命時に北京駐在。
②1972年秋，日中国交回復祝賀会に参加，周恩来総理と合撮。
③香港・広東駐在がメインで（広東語堪能），1997年香港の中国返還時も雨中の花火打ち上げを見た。
野村退社後，AIBA 貿易投資コンサルほか数社の特別顧問を務める。

友好商社《ゆうこうしょうしゃ》を知《し》っていますか?

2017年 4 月28日　第 1 刷発行

著　者　片本善清

発行者　川端幸夫

発行所　中国書店
〒812-0035 福岡市博多区中呉服町 5 番23号
電話 092（271）3767　FAX 092（272）2946

制　作　図書出版 花乱社

印刷・製本　モリモト製本株式会社

ISBN978-4-903316-56-7